LES BOURGEOIS DE CALAIS

DU MÊME AUTEUR

Hiver 1814, Perrin, 2019. La Table Ronde, coll. « La Petite Vermillon », 2021.

Le Bon Sens, Prix Alexandre Vialatte, Prix Terre de France, Grand Prix catholique de littérature, Prix littérature du Salon des auteurs chrétiens de Tours, Prix Fulbert de Chartres, La Table Ronde, 2020.

Le Bon Cœur, Prix France Télévisions, Prix Michel Dard, Prix littéraire de la Ville d'Arcachon, Prix du roman historique des Rendez-vous de l'Histoire de Blois, Prix Louis Barthou de l'Académie française, La Table Ronde, 2018. Rééd. coll. « La Petite Vermillon », 2020.

Deux remords de Claude Monet, Prix Marguerite Puhl-Demange 2017, Prix Libraires en Seine 2017, La Table Ronde, 2016. Rééd. coll. « La Petite Vermillon », 2018.

Visages de Verdun, avec des photographies de l'ECPAD, Bourse lorraine du Comité Erckmann-Chatrian, Perrin, 2016.

Les Forêts de Ravel, Prix Livres et Musiques du Festival de Deauville 2015, La Table Ronde, 2015. Rééd. coll. « La Petite Vermillon », 2016.

Mes Tours de France, La Table Ronde, 2014.

La Grande Guerre vue du ciel, avec des photographies d'Isabelle Helies et Sylvain Pétremand, Perrin, 2013.

Pour Genevoix, Prix Grand Témoin de la France mutualiste 2013, Prix Georges Sadler de l'Académie de Stanislas de Nancy 2013, La Table Ronde, 2011. Rééd. coll. « La Petite Vermillon », 2019.

Le Corps de la France, Prix littéraire de l'armée de terre Erwan Bergot, La Table Ronde, 2010.

La Maison du docteur Laheurte, Prix Maurice Genevoix, La Table Ronde, 2009.

Suite de la liste en fin d'ouvrage.

Michel Bernard

LES BOURGEOIS DE CALAIS

ROMAN

LA TABLE RONDE

editionslatableronde.fr

Auguste Rodin faisait le tour du maréchal Ney. Un sacré morceau que le père Rude avait accompli là. On ne pouvait donner plus de vivante énergie à une effigie de place publique. Le bronze semblait la mince enveloppe sous laquelle jouaient les muscles des cuisses et des bras, se crispaient les doigts sur le sabre. Ce corps érigé contre le temps était souplesse, tension, force et mouvement. Quant au masque, l'autorité, l'agressivité, la détermination du militaire semblaient la matière première du moule qui avait reçu le métal en fusion. Dans l'ombre de la bouche, on devinait le son, la vibration du cri. Pas de doute, le maréchal devait être ainsi au moment où il précipitait les colonnes de l'infanterie française sur les positions russes, à la Moskowa, le 7 septembre 1812, une semaine avant la chute de Moscou. En fixant cette silhouette un jour de brouillard, au carrefour du boulevard Saint-Michel et du boulevard de Port-Royal, on finissait par voir l'arme osciller, les pieds se desceller, les jambes frémir, et l'on croyait entendre, dans le grincement des essieux d'un fiacre virant sec, la statue crier « En avant ! ».

Elle s'élevait à l'endroit où une salve de peloton avait couché Michel Ney, à quarante-six ans, le 7 décembre 1815. Rodin venait de relire le récit de l'exécution du plus populaire des maréchaux de Napoléon moins de six mois après Waterloo, au début de la seconde Restauration. Il avait connu le monument à l'état neuf, frais sorti de la fonderie, le bronze pas encore veiné de coulures crémeuses, fientes de pigeons et jus de feuilles mêlés, plis et creux encrassés par la poussière de la voirie et les fumées du charbon, piétement criblé de points de corrosion. Avec ses parents et sa sœur, il habitait rue Mouffetard, à dix minutes à pied. Il l'avait découvert en famille, après l'inauguration en 1853. Sa mère, mosellane, considérait le maréchal né à Sarrelouis comme un pays, d'autant qu'il était issu d'une lignée d'artisans lui aussi. Auguste, à treize ans, avait été impressionné par l'aspect martial du bonhomme. Son père, fonctionnaire à la Préfecture de police et patriote, lui avait raconté le règlement de comptes qui avait lamentablement abrégé une existence risquée sur tous les champs de bataille de l'Empire. Depuis, quand Rodin passait dans le coin, il s'arrêtait au moins quelques instants devant la statue de Ney, par respect pour le sculpteur, un grand artiste, et pour l'étudier.

Né trop tard pour connaître Rude, il avait fréquenté quelques-uns de ses élèves, notamment Carpeaux, le meilleur, qui en parlait volontiers en imitant son accent bourguignon et en montrant comment le vieux maître fourrait sa longue barbe sous sa blouse quand il travaillait. Comme tous les apprentis sculpteurs, le jeune Rodin avait appliqué les préceptes de l'auteur de *La Marseillaise* dans les écoles d'art où l'on apprenait à imiter la vie. Quelques formules bien frappées leur avaient fait gagner du temps. Le père Rude avait ouvert la voie, Rodin n'omettait jamais de le rappeler aux gens qui commençaient de s'intéresser à lui et venaient dans son atelier, au Dépôt des marbres, rue de l'Université, près des Invalides.

Le modèle avait dû poser nu avant de revêtir l'uniforme. Rude procédait toujours ainsi. Il l'avait minutieusement dessiné, dans le détail de son anatomie, et représenté tel quel, la main droite haut levée, fermée sur la poignée de l'arme, la gauche serrant le fourreau, la jambe droite tendue, la gauche fléchie, prête à donner la poussée. Des formes imprimées à un bloc de glaise, il avait tiré un plâtre. C'était la conformation du corps, les attaches des membres, la dilatation des muscles, la contraction des tendons et des nerfs, et le jeu des articulations qui déterminaient les plis de l'habit. Rodin avait retenu la leçon. Le mouvement engendrait les ombres et les ombres étaient mouvement.

Rude avait proposé aux membres du comité pour le monument de statufier Michel Ney dans ses derniers instants : en civil, bottes courtes, gilet, redingote ouverte et chapeau droit. En accord avec la famille, ils rejetèrent cette proposition. Une représentation héroïque au combat, conforme à la légende du guerrier, fut jugée plus convenable. Leur choix respecté, le résultat était remarquable. Le sculpteur avait trouvé le moyen de représenter un cri, de renouveler l'exploit de *La Marseillaise* appelant aux armes au flanc de l'arc de Triomphe, de faire voir ce qui ne se peut voir, en demandant au bronze et à la pierre de suggérer le son de la voix humaine. Oui, c'était beau, mais Rude avait eu tort de s'incliner. Il aurait dû expliquer son projet, faire partager son intuition et ne pas lâcher. Les ayants droit auraient fini par comprendre la grandeur de ce qui était né de son imagination, de ce que ses mains s'impatientaient d'accomplir.

Rodin devinait l'intention initiale de Rude : décupler l'émotion en représentant le soldat dans la tenue bourgeoise portée du début du procès jusqu'au supplice. On aurait contemplé le héros livré à l'angoisse, s'efforçant de la contenir, méditant sur son destin et n'y voyant goutte, oppressé, déterminé à cacher sa détresse et, le visage fermé, tendu, toute sa volonté rassemblée sur la dernière chose qui lui appartenait : finir. On rapportait qu'il avait dit aux vétérans composant le peloton d'exécution : « Visez juste ! » Derniers mots du maréchal d'Empire, duc d'Elchingen, prince de la Moskowa. Il n'avait tiré de son imagination glacée par l'imminence de la mort que l'instruction répétée des milliers de fois depuis qu'il avait été promu sergent dans les armées du roi, « Visez juste ! ».

Un coup de vent balaya le carrefour. Rodin rabattit son chapeau, remonta le col de son manteau et s'éloigna vers l'avenue de l'Observatoire. Il était si absorbé qu'il eut juste le temps de s'écarter pour éviter l'omnibus. Sa rêverie le reprit. Il marchait sur le sable de l'allée, sous les marronniers défeuillés par la pluie et les premiers gels. Bientôt la Toussaint.

Il tournait le dos à la statue, mais la scène qu'elle commémorait ne cessait d'obséder le promeneur. Il l'imaginait avec une intensité hallucinée. Il la voyait. Le condamné portait une redingote brune battant ses bottes. Déboutonnée sur le haut, il en avait écarté les pans pour dégager la poitrine et montrer la chemise, frissonnante tache blanche qui ferait cible. Le maréchal avait procédé sans trembler, puis il avait découvert son front dégarni, plaqué de quelques mèches encore rousses, pour saluer le peloton d'exécution et sa propre mort. Les bras le long du corps, le haut-de-forme dans la main droite, les doigts broyant le rebord, il paraissait plus grand, rajeuni. Il devait faire frisquet dans cette aube de décembre. L'humidité glacée du début de l'hiver parisien sur son cou était la dernière sensation qu'il avait eue du monde.

Rodin remontait l'avenue de l'Observatoire. C'était comme ça qu'il aurait fallu statufier Michel Ney. Exprimer du bout des doigts, en creusant des ombres dans la glaise, la solitude de l'homme qui attend la mort, les yeux grands ouverts, chapeau bas. Le calme et l'angoisse, l'instant et l'infini. Rendre cela… Rude y serait arrivé ; lui, Auguste Rodin, y arriverait, et personne ne parviendrait à le faire renoncer. Il songeait à un projet récemment porté à sa connaissance. Il avait l'affaire dans ses mains et en pétrissait la vision. Les formes vivaient en lui confusément, obstinément. Derrière les branches des arbres, au bout de la perspective, s'élevait la masse claire du Sénat. Il ouvrit un portillon du jardin du Luxembourg.

La Ville de Paris allait y installer son *Âge d'airain* dont, après bien des péripéties, vexations et déceptions, l'État avait acheté le plâtre et venait enfin de faire couler un exemplaire en bronze. Il cherchait l'emplacement le mieux adapté et ferait connaître son vœu à l'administration. Depuis trente ans, il façonnait des figures humaines et pour la première fois l'une d'entre elles entrerait dans le décor de Paris, à une poignée de minutes du lieu de sa naissance. À la silhouette toute de force et de grâce qu'il avait créée, exaltation du corps masculin, il fallait de l'air. L'autorité municipale avait par bonheur choisi le jardin du Luxembourg ; restait à empêcher un bureaucrate de coller son éphèbe contre une façade de pierres mangée de lierre, ou au bout d'une de ces collections de grands hommes en costumes anciens, impassibles jalons des allées poussiéreuses, ou bien encore parmi les satyres logés dans les bosquets.

Pour *L'Âge d'airain* il désirait un coin de ciel dans le berceau des arbres, une éclaircie entre leurs frondaisons sur laquelle se détacherait le bronze luisant de pluie ou lustré de soleil. Il fallait imaginer cela. La forme vivante qu'il avait campée, le visage levé vers les feuillages, en respirerait l'oxygène et les parfums. En sentant couler dans sa poitrine le même souffle d'air, le promeneur tiré de sa distraction verrait que l'artiste n'avait pas figuré Apollon, mais bien lui-même, passant fatigué aux souliers poudrés. Détaché du flux des promeneurs, tiré de ses préoccupations par l'œuvre du sculpteur dont il chercherait le nom plus tard, il verrait cette humanité de métal comme un miroir sur son chemin.

Autour de la fontaine Médicis les ramures des platanes grillageaient les toits de Paris, la coupole de la Sorbonne et celle du Panthéon. Quand il avait modelé *L'Âge d'airain*, il avait trente-cinq ans et vivait avec Rose, sa compagne, à la périphérie de Bruxelles, dans une petite maison en lisière de la forêt de Soignes. Il avait travaillé dans la société des arbres, sous leur couvert il avait cherché la fraîcheur en été, de leur bois il s'était chauffé en hiver, de leur cendre il avait enrichi le potager. Conçue là-bas, sa statue vivrait bien près des géants tout en branches et frémissements qui rappelaient aux Parisiens, avec autorité et amitié, que le monde existe. Près du Sénat, plus élevée que la chambre haute, la forêt gauloise avait ses délégués, hêtres et marronniers, grands chevelus aux bras croisés devant la représentation nationale. Cette pensée le réjouissait. Il imaginait la silhouette née de ses mains se détacher au printemps prochain contre du bleu ou du gris mouvant entre les murmurantes ambassades. La tête de l'éphèbe, ses membres, son corps libre baigneraient dans les courants frais, pollens, feuilles et parfums.

Rodin s'assit sur un banc, dégagea sa main droite du gant, sortit de son manteau un calepin, un crayon et se mit à dessiner à traits rapides et légers. Ce croquis préfigurant le cadre souhaité, il le mettrait dès que possible sous le nez du fonctionnaire chargé des beaux-arts à la Ville. Au besoin, il en parlerait en haut lieu à une de ses relations.

Sans lever le crayon, en suggérant sur le papier, derrière l'esquisse de sa statue, la ligne de terre, celle, brisée, des toits, les colonnes des troncs, l'entremêlement des branches, les lambeaux de ciel libre, et, çà et là, en fragments, des angles et orbes d'architecture, il repensait aux années heureuses en Belgique. Cet *Âge d'airain*, c'était aussi son propre éveil à une grandeur qu'il ignorait avant de la faire naître. Ce qu'il avait réalisé était extraordinaire de vie ; il ne savait pas lui-même comment il y était parvenu. À part quelques amis l'ayant observé au labeur, personne ne voulait croire qu'il avait procédé en bon artisan, franc et loyal. On l'avait accusé d'avoir copié l'empreinte d'un être humain vivant, de n'être qu'un truqueur habile et rusé. La rumeur avait prospéré au ministère, le privant des appuis nécessaires à la carrière. À trente-cinq ans, il était pauvre, sans protecteur, sans mécène, jamais reçu dans les salons, désarmé face aux puissances établies de la sculpture officielle. Humilié, furieux, il avait fait photographier le modèle, un athlétique militaire belge, beaucoup plus costaud que son éphèbe, et en avait adressé des tirages aux gens dont l'opinion comptait à Paris.

Au souvenir de cette péripétie désagréable, qui faisait bouillir un reste de colère, le nom du soldat caserné à Bruxelles lui revint et la coïncidence l'illumina. Il s'appelait, mais oui… Neyt, Auguste Neyt. Le destin, dans le pâle sourire de ce matin d'hiver au Luxembourg, lui adressait un signe amical. Là-bas, au bout de la perspective, le chef-d'œuvre du grand Rude, et bientôt, ici, le sien. Le maréchal Michel Ney et le caporal Auguste Neyt ; Ney et Neyt.

Rodin venait d'avoir quarante-quatre ans. Jamais il ne s'était senti si vigoureux, plein de santé, bourré d'énergie, de projets et de désir. Il fourra le carnet dans une poche, de l'autre sortit une brochure froissée. Il cherchait un passage remarqué à la première lecture. Lorsqu'il l'eut trouvé, il le souligna, le relut, puis répéta à mi-voix, pour lui-même, les quelques mots dont, recueilli, il recevait l'influence. Il resta ainsi un moment, le regard perdu dans les frondaisons. Enfin il se redressa, rangea le document, reboutonna son manteau. Une grosse casquette de nuages avait coiffé la ville. Le désir du travail l'avait saisi, comme une faim. Il contourna l'aile ouest du palais Médicis, quitta ses jardins et, au pas pressé de ses courtes jambes, s'éloigna dans la rue de Vaugirard.

HUIT JOURS PLUS TÔT, un fiacre venant de la gare du Nord avait déposé à l'entrée du 182, rue de l'Université un voyageur bourgeoisement vêtu muni d'un léger bagage. C'était un homme d'une quarantaine d'années, de haute taille, corpulent. Son visage charnu, sanguin, faisait bloc avec le cou tassé sur de larges épaules. Ses traits énergiques, son regard direct ne donnaient pas envie de plaisanter. C'était le maire de Calais, en déplacement dans la capitale pour y rencontrer le sculpteur dont il vérifia le nom sur une carte tirée de son portefeuille : Auguste Rodin.

Dès que sa proposition d'élever un monument sur la place principale de la ville avait été adoptée par le conseil municipal, il avait pris le train afin de rencontrer chez lui l'artiste recommandé par Paul Isaac, un peintre calaisien, et se faire par lui-même une idée de ses capacités. Voirie, urbanisme, hygiène, police municipale, régime matrimonial, procédure successorale, mutation de propriété, Omer

Dewavrin, notaire depuis vingt-cinq ans, conseiller municipal depuis six ans, maire depuis deux ans, n'était pas homme à laisser traîner une affaire, en art comme pour le reste. Il commençait ses visites par ce Parisien à la réputation naissante, dont le nom, « Auguste Rodin », se répétait-il, franc et rustique, et l'adresse, « Dépôt des marbres de l'État, rue de l'Université », lui inspiraient confiance. Ce n'était qu'une intuition. Il venait vérifier.

« DÉPÔT DES MARBRES. » Le nom était bien inscrit sur la plaque de porte. Il sentait la bonne administration, celle qui désignait son activité non par un concept mais par la chose administrée elle-même. Il imaginait une de ces halles modernes, rationnelles et aérées, dont on élevait partout en France et en Europe les structures métalliques au-dessus des quais des gares, dont on coiffait les marchés en plein air pour le confort et l'hygiène des marchands et des ménagères. Dans des box, officiaient sans doute des artistes sélectionnés par le secrétariat d'État aux Beaux-Arts, avec le soutien débonnaire des fonctionnaires chargés de la conservation et du gardiennage des œuvres d'intérêt public. Il imaginait ces agents du service public vêtus d'un uniforme avec des palmes ou des lyres brodées sur le col. Les anciens seraient décorés, les plus vieux, d'anciens militaires, auraient la croix d'honneur. Il se figurait une sorte de temple de l'art où la liberté nécessaire à l'imagination créatrice était favorisée par le sérieux raisonné des choses d'État.

Cédant à regret, la porte cochère s'ouvrit sur un immense jardin. Des allées de marronniers centenaires en séparaient les fonctions. D'un côté la conciergerie, le petit hôtel particulier du directeur et, derrière un treillage, un potager suffisant pour nourrir plusieurs familles, de l'autre côté, au bout d'une pelouse, une série d'entrepôts identiques. Dans cette géométrie, le temps et l'usage avaient imposé leurs lents désordres. Entre les pavés du Paris de Louis XVI soulevés par les racines prospéraient la mousse et l'herbe des prés. Des poules y dispersaient à coups de becs vigoureux les feuilles mortes amoncelées par les courants d'air. Des Louis XVIII, des Charles X, des Louis-Philippe, beaucoup de Napoléon III, des princes et princesses des royaumes et des empires déchus, tirés de leur léthargie par la plainte du portail, avaient repris la pose. Leurs yeux de pierre le suivaient. Devant certains bâtiments se trouvaient des blocs à tailler posés au hasard sur des tasseaux, de gros outils maculés de plâtre, du matériel de portage et des formes irrégulières, bâchées et sanglées. Les plus confortables étaient couronnées de chats. À part les volailles, les matous et les oiseaux qui peuplaient le silence du parc des pépiements brefs de la saison froide, il n'y avait âme qui vive. Il s'arrêta un instant, humant l'air. Loin, dans la rumeur de la ville couverte jusqu'alors par le bruissement des feuilles mortes sous ses pas, il distingua le raclement des changements de vitesse des tramways, et le cri des remorqueurs sur la Seine. Le notaire se demandait s'il ne s'était pas trompé.

À un individu porteur d'un balai soudain apparu, il demanda l'atelier de M. Rodin. Le concierge le dévisagea comme s'il n'avait pas compris. Sur la répétition articulée des mots « Auguste Rodin », il finit par désigner un des hangars, le plus important, tout au fond, marqué d'un grand H au pochoir. M. Dewavrin remercia et, du pas dispersant une compagnie de pigeons, alla heurter le bois du vantail. Son guide, qui l'avait suivi du regard, l'invita du geste à entrer sans façon, en faisant glisser le panneau sur son rail. Il lui montrait comment procéder en attirant vers lui le manche de son balai, lorsque la façade s'ouvrit sur un homme en habit noir qui, l'ayant salué au passage, s'éloigna en balançant sa canne.

Les verrières, sous le jour d'octobre, éclairaient un capharnaüm où se tordaient des formes humaines d'une blancheur éclatante. Il y avait des troncs, des torses pas toujours surmontés d'une tête, des bras, des jambes, des ailes, des vagues de pierre. Cela évoquait une morgue bouleversée par un tremblement de terre, le champ d'une bataille éteinte par la neige, une ville en ruines et ses habitants saisis dans leur fuite sous une pluie de cendres. Un courant d'air sibérien suggérait surtout les fantaisies matinales d'une gelée sévère.

Au milieu de cette foule où, trop sollicité, le regard ne reconnaissait rien, il y avait une femme nue, vivante. Elle se tenait près du poêle. Sa chair paraissait plus blanche sous la noire chevelure montée en chignon et l'ombre mousseuse du pubis. Le modèle tendait ses mains à la chaleur, y baignait son ventre, ses épaules, sa gorge. Elle n'était pas très grande, le corps bien proportionné, dense, la poitrine et les fesses rondes. Elle regarda tranquillement le visiteur, qui se décoiffa. Il avait rougi. Sans hâte, en se retournant pour approcher ses reins au plus près du métal brûlant, la jeune femme saisit le peignoir jeté sur une chaise et le revêtit. Le maire devina une autre présence. Il avait perçu une sorte de grognement, comme d'un chien assoupi. Un homme de petite taille, massif, barbu, les cheveux drus et courts était derrière lui. Rodin fit couiner en la faisant pivoter la sellette sur laquelle était fichée une tête en terre. De ses pupilles creusées dans deux noisettes d'argile, elle regardait le notaire.

Le sculpteur continuait d'appuyer les pouces dans la glaise, de l'évider, l'amincir et la renfler du bout des doigts, y planter les ongles pour en extraire des rognures. À la surface, les ombres frémissaient, se déplaçaient. Enfin, toujours silencieux, évaluant le bloc de terre à face humaine, il frotta ses paumes sur sa blouse. Le maire s'avança, le chapeau devant lui comme pour un salut prolongé, en s'appliquant à faire du bruit sur le sol damé. Rodin se tourna, plissa les paupières, puis quitta son haut tabouret, essuya une main grumeleuse dans un chiffon et la lui tendit en s'excusant. Après un instant d'hésitation, le maire ôta son gant avant de la serrer.

Auguste Rodin fit les honneurs de son atelier. La jeune femme s'appelait Angela, mais en France se faisait appeler Angèle. Elle avait noué la ceinture de son peignoir, les pans rabattus contre son torse, et d'une main en serrait le col. Cette pudeur soudaine accrut la gêne du maire, d'autant plus que le tissu enveloppant les seins en faisait valoir le volume et le poids. Elle lui dit bonjour et lui souhaita la bienvenue avec un fort accent des Abruzzes. Il ne savait s'il devait lui dire madame ou mademoiselle, les deux politesses sonnant bizarrement dans la circonstance. Il s'inclina. Le précédant, son hôte l'entraîna à travers le dédale, y faisant les présentations comme dans un salon, nommant les œuvres définitives ou à l'état de maquettes, s'attardant sur celles liées à une commande publique, notamment de l'État. Aucune vanité, mais la satisfaction du travail accompli. Devant un pan de falaise tourmenté, ils prolongèrent leur station.

La Porte de l'Enfer était destinée au futur Musée national des arts décoratifs. Rodin précisa qu'il devait à la bienveillance d'Edmond Turquet, sous-secrétaire d'État aux Beaux-Arts, la mise à disposition, dans le but de la réaliser, du vaste atelier où ils se trouvaient. M. Liouville, sénateur de la Meuse, gendre de Waldeck-Rousseau, le ministre de l'Intérieur, que le maire avait croisé en entrant, veillait à ce que cet avantage lui soit conservé. Depuis quatre ans, il avait l'honneur de travailler dans cette partie d'une institution créée sous Louis XIV pour servir le développement de la sculpture française. Les régimes suivants ne l'avaient pas supprimée, la République y accueillait les artistes travaillant à sa gloire, espérait-elle, et s'en servait comme d'un grenier où désencombrer ses palais des figures déclassées. Rodin guettait sur la mine de son visiteur l'effet de ces révélations en rafale, débitées sur le ton de l'habitude.

Le notaire avait fait deux pas en arrière pour embrasser le grouillement des motifs sur les montants, le linteau et les vantaux. Il avait d'abord envisagé un bout de mur couvert de grenouilles, de crapauds et de salamandres, de concrétions grouillantes, comme ces céramiques de la Renaissance exposées dans les musées et les châteaux de la Loire. En scrutant les détails, il reconnut les figures humaines d'hommes et de femmes de tous âges représentées dans d'étranges postures. Certaines prostrées, d'autres accouplées, étirées, torturées, révoltées, toutes luttant avec la matière qui les aspirait, se nourrissait de leurs corps. Des grappes de noyés, certains remontant du fond de la mer, d'autres rejetés sur un rivage blanc de sel. C'était l'œuvre d'un dément.

Rodin contemplait sa *Porte*, en caressait certaines parties. Il avait manifestement oublié qu'il était accompagné. Il se déplaçait d'un côté à l'autre pour varier les points de vue et juger des effets de lumière, des ombres, celles projetées par les saillies, celles, plus profondes, stagnant dans les creux. Il les palpait, y plaçait les doigts. Le visiteur eut le sentiment que les battants allaient s'ouvrir sous l'effet d'un mécanisme secret et que lui serait bientôt révélé un mystère, en plein Paris, un passage vers le fleuve qui souterrainement doublait la Seine. Le Styx roulait ses eaux d'encre derrière la porte. Il était venu de Calais jusqu'au porche des catacombes dont le prêtre était ce petit homme à la longue barbe jaune sale, au front osseux, aux yeux bleu très clair. Le sculpteur sortit de sa poche une paire de lunettes qu'il tint devant ses yeux pour scruter un motif fraîchement posé. Il parla de Dante dans un propos embrouillé où brillaient quelques mots étrangement assortis, lumineux, clairières dans un ciel mouvementé.

Auguste Rodin proposa au maire de déjeuner dans le café où il avait son rond de serviette. À deux pas du Dépôt des marbres, c'était un mastroquet fréquenté du petit personnel des administrations nombreuses dans le quartier, des cochers et des artisans. Le sculpteur avait remplacé les formidables savates qu'il portait dans l'atelier par une paire de souliers, mais conservé sa blouse plâtreuse. À les voir traverser la rue de l'Université, on aurait pensé à un ouvrier du bâtiment et son patron appelés dans ce beau quartier par un chantier en cours. La salle à manger enfumée était comme meublée d'une odeur de graillon, de laine, de vin et de cuir mouillé flottant sous le plafond bas. Le sculpteur, en habitué, avait sa table contre une fenêtre. Sa fourchette et sa cuillère d'étain luisaient près de l'assiette, sur le bois lustré par l'usage. On dressa un deuxième couvert. Rodin sortit d'une poche son couteau, le déplia et s'assit en invitant son visiteur à l'imiter. À Calais, le notaire rentrait déjeuner chez lui chaque jour, à la même heure, avec sa femme, le repas préparé et servi par leur bonne dans la porcelaine du ménage. L'étude était adjacente à leur maison, au centre de la ville. Dans ce réduit à mangeaille parisien, il s'efforçait de dissimuler au sculpteur les répugnances de son nez et la contraction de son estomac.

Le lever avant l'aube, le voyage commencé frileusement dans l'obscurité, la course dans Paris et l'exploration de l'atelier avaient fatigué ses jambes. Il s'assit avec un léger soupir. Les gens mangeaient sans dire un mot, mais le bruit des mastications, des verres heurtés, les commandes à voix forte, parfois exaspérées, peuplaient l'endroit de cette pesante humanité des grandes villes qui se resserre aux premiers froids. En se penchant, avec un excès de précaution, Rodin avait entrepris de verser du vin de la chopine dans leurs verres. Il y voyait mal et ce n'était pas à cause de la parcimonie de ce jour d'automne pluvieux. Ce qui ne se remarquait pas dans l'atelier était ici évident : le sculpteur était myope. Par une compensation naturelle, comme des vases communicants, l'extrême sensibilité du toucher équilibrait l'insuffisance de la vue. La révélation, en stimulant sa curiosité, avait détendu le notaire. Son raisonnement dominait enfin la surabondance des impressions reçues depuis le début de la rencontre. Le vin était âpre, mais sa chaleur diffusait dans la poitrine et l'abdomen. La nourriture qu'avalaient ses voisins avait l'air convenable. Il dégagea deux boutons de son gilet. Le trouble engendré par la vision de Vénus se chauffant les reins devant le poêle, près de *La Porte de l'Enfer*, persistait agréablement.

Le naturel de la fille, sa décontraction l'avaient embarrassé sur le moment. Lui qui menait son étude et le conseil municipal avec fermeté et sans états d'âme avait été intimidé par cette femme. Il avait subi l'ascendant de sa beauté, l'empire d'une nudité parfaite. Ce qui l'avait le plus surpris, c'était de voir, dans la froide clarté de ce hangar, des gestes communs – soulever le couvercle du poêle pour y jeter un morceau de bois, tirer à soi un tabouret, saisir un linge –, les mêmes que ceux accomplis quotidiennement par sa bonne ou sa femme, se révéler ici comme des jeux d'anatomie, efficaces et gracieux. Les seins oscillaient aux mouvements des bras, la respiration soulevait le ventre veiné de bleu pâle, la torsion du buste plissait la chair élastique entre les côtes et les hanches, creusait les fossettes des hanches et des fesses. Il avait reconnu tout cela et davantage, sur les figures et groupes de *La Porte de l'Enfer*. La gorge du maire se desserra devant l'assiette qu'une servante remplissait de soupe. La buée perlait contre les carreaux, brouillait l'agitation de la rue sous l'averse. Rodin lissait sa barbe en glissant la cuillère dans sa bouche, la tamponnait. Ils burent du vin, une grande lampée pour relever et emporter la saveur des légumes.

Le maire commençait à parler de l'objet de sa visite quand le ragoût de bœuf fut servi. La municipalité souhaitait rendre hommage à Eustache de Saint-Pierre, principal échevin de Calais à l'époque où la ville était assiégée par les Anglais, au début de la guerre de Cent Ans. De septembre 1346 à août 1347, le siège avait été long et cruel.

À bout de ressources, sans espoir de secours, on capitula. Le roi d'Angleterre, Édouard III, avait promis d'épargner les habitants et leurs biens à condition que les clés des portes lui soient livrées par une délégation de bourgeois en chemise, pieds nus et la corde au cou. À sa merci. Eustache s'était offert le premier, cinq autres notables l'avaient imité. L'Anglais était si furieux de la longue et opiniâtre résistance des Calaisiens que, sans l'intercession de la reine d'Angleterre, Philippa de Hainaut, enceinte, les otages auraient été pendus à la première grosse branche pour satisfaire la troupe et intimider la population. Les six bourgeois, qui ne pouvaient guère en douter, s'étaient quand même portés volontaires. La mémoire de cet épisode héroïque était soigneusement entretenue. Les Calaisiens en étaient fiers, elle donnait à leur ville une place d'honneur dans l'histoire nationale. Par surcroît, elle n'était pas désobligeante pour les voisins anglais qu'on accueillait en nombre dans les hôtels et les restaurants de la ville : leur reine avait été miséricordieuse et leur roi, magnanime.

À l'approche des célébrations du centenaire de la Révolution, Calais souhaitait rappeler avec éclat au pays tout entier le dévouement et le civisme dont avaient fait preuve, en des temps brutaux, une poignée de citoyens. Une œuvre d'art monumentale, comme celles qu'on pouvait admirer sur les places de Paris, de Lille, la grande voisine, d'Arras, la préfecture, et des métropoles d'Europe, embellirait la ville et servirait sa réputation, tout en édifiant la population. On voulait quelque chose d'original de nature à frapper les imaginations, élever les cœurs. De ce legs d'honneur, de cet exemple de civisme, le siècle du progrès ferait son profit.

La sauce brune se figeait dans les assiettes autour de l'archipel des morceaux de viande. Du propos du maire, Rodin n'avait pas perdu un mot. M. Dewavrin avait eu beau essayer de s'en tenir aux données techniques, comme il se l'était promis, le goût de convaincre, sa passion grandissante pour le sujet, encouragés par l'extrême attention du sculpteur et son silence persistant, l'avaient emporté. Il était allé plus loin qu'il n'aurait voulu. N'ayant pas encore rencontré les autres candidats envisagés par la municipalité, des artistes locaux, il se reprochait de donner à ce Parisien un avantage. Il craignait aussi que l'expression trop vive de son désir n'incitât le sculpteur à exagérer ses prétentions financières. Il se reprit, et ne desserra plus les dents jusqu'au café.

Rodin avait pris le relais. Du sujet, cette anecdote ancienne des six bourgeois de Calais et du roi Édouard III, il ne savait pas davantage qu'un brumeux souvenir d'école, une gravure dans un manuel d'histoire, et ce que venait de lui dire le maire. Il ne se souvenait pas être jamais allé dans le Pas-de-Calais, mais ce port français sur la mer du Nord faisait remonter à sa pensée des images de Bruxelles et de la campagne belge, l'endroit qu'il connaissait le mieux après Paris.

Rodin évoqua le ciel flamand, les nuages de la mer du Nord, la manière dont ils s'étiraient le soir, à l'approche de la terre, et le soleil qui, au couchant, sur le métal de la mer coulait une immense plaque d'or. Il affirma que ces hommes d'autrefois, ces Français du Moyen Âge, les avaient vus, ce ciel, ce soleil, cette mer, comme lui, comme tous les Calaisiens. S'ils revenaient parmi nous, ils ne reconnaîtraient rien du monde, sauf cela. Pour imaginer les Bourgeois de Calais, il commencerait par là : le ciel au-dessus d'eux.

Il s'échauffait en discourant. Le sculpteur laconique, maladroit, presque fruste tout à l'heure, ramassait ses vues dans des formules saisissantes, concrètes et inspirées. Le monument devrait rapprocher les hommes d'aujourd'hui de ceux d'hier. L'hommage rendu au sacrifice des bourgeois n'aurait force de vérité et d'exemple que si les spectateurs pouvaient s'identifier à eux. C'est ce que lui, Auguste Rodin, voulait faire, donner une âme au bronze, et que le bronze soit une âme pour les yeux et les mains qui le caresseraient.

Le train filait sur les arbres. Omer Dewavrin reposa *Le Figaro* sur ses genoux. Passé Louvres, un quart d'heure après avoir quitté la gare du Nord, il guettait la traversée de la forêt de Chantilly, ce point où le convoi, jaillissant du couvert, abordait le viaduc et retrouvait l'horizon. Les deux Anglaises installées dans le même compartiment que lui au départ de Paris devaient connaître la ligne : enfin silencieuses, leurs regards étaient tournés vers les fenêtres. Sur près de trois cents mètres, les quinze arches de l'ouvrage enjambaient la vallée de la Thève et l'éclat bref des étangs de Commelles.

Une buse planait sous eux, le dos immobile, les ailes écarquillées au-dessus de la clairière. Les passagers voyaient l'envers du monde. Quelques instants suspendus, puis, tirés par la machine à pleine vitesse, à regret, ils laissaient fuir dans le passé la mer de feuilles jaunissantes, ses moutons immobiles, le lacet du ruisseau dans la combe en herbe, la grande forêt.

Quel drôle de bonhomme, ce Rodin. L'extraordinaire était qu'un artiste promenât une apparence aussi banale, aussi gauche, dans un univers aussi extravagant. La femme nue dans la halle glacée, l'émeute livide et silencieuse des statues gesticulantes, toutes ces chairs de plâtre et de marbre, voluptueuses et insensibles, tordues et fixées dans les gestes, les postures, les extases d'on ne savait quels désirs, quelles jouissances, quels effrois. Le déjeuner dans la gargote de la rue de l'Université avait pesé sur son estomac toute la nuit, agitant son sommeil de cauchemars peuplés d'atlantes et de cariatides en marche. Réveillé par une froide suée, perdu dans sa chambre d'hôtel, il n'avait pu se rendormir. Il sentait encore dans les plis de sa redingote les relents de graillon.

Il avait remué jusqu'à l'aube les propos du sculpteur : des périodes laborieuses, obscures, trouées de vues lumineuses. Le maire ne savait que penser de cette rencontre. Les images de sa visite à Rodin le poursuivaient, concrètes, vivantes, alors que l'autre sculpteur, vu l'après-midi au milieu de toute une mythologie de plâtre et de pierre à la taille, un foulard en guise de cravate, un tronçon de cigare à la bouche, arrondissant ses belles phrases dans un nuage de fumée, déjà fondait dans son souvenir. Il ne comprenait rien à ce Rodin, mais quelque chose lui disait que ce serait lui, qu'il fallait que ce soit lui. Et cela l'inquiétait, comme une énigme.

Deux sculptures de Rodin l'avaient retenu. Une harpie casquée, soulevée par des ailes de libellule, les bras lancés en avant, menaçants, éperdus. C'était la République appelant aux armes, ou la France si on voulait, maquette présentée sans succès au concours pour l'érection au rond-point de Courbevoie d'un monument commémoratif de la défense de Paris, celle du siège de 1870. Rodin y avait participé, caporal à la 8ᵉ compagnie du 15ᵉ bataillon de la Garde nationale. L'idée était venue au maire que, myope comme il l'était, il n'avait pas dû faire grand mal aux Prussiens depuis son créneau. Il se représentait difficilement l'homme carré, tassé sur de courtes pattes, le gilet tendu, la barbe sauvage, sanglé dans la capote bleue des moblots, un chassepot grand comme lui à la bretelle. À ses traits osseux, on devinait qu'il avait été maigre autrefois, jeune homme à la silhouette efflanquée paré d'un grand nez. Ce puissant surplomb au milieu d'un visage aux yeux pâles et timides présageait un caractère et une force d'appétits peu communs. La représentation de la République en furie belliqueuse avait été repoussée par le jury. Rodin en avait fait l'aveu avec une sorte de fatalité douce, en homme longtemps habitué aux échecs.

L'autre figure l'avait fasciné. Il n'avait pas trouvé le rapport entre le titre annoncé pompeusement par le sculpteur, *L'Âge d'airain*, et le jeune homme vigoureux et gracile qui se dressait devant lui, mais cela lui était apparu sans importance. Il n'aurait su dire ce qui, du dessin des bras et des mains, de la position des jambes, de la flexion du cou, de la jeunesse méditative du visage, l'émouvait le plus. L'œuvre était la perfection même. Elle avait atteint en lui une région qu'il croyait hors de portée des choses de l'art. Bouleversé, émerveillé, il avait baissé les yeux devant cette figuration du corps masculin, cet objet de plâtre sans regard, alors qu'il était parvenu à les maintenir sur la chair frissonnante de la belle Italienne. Rodin lui avait dit que le premier titre était *Le Guerrier blessé* et que le personnage s'appuyait sur une lance, finalement retirée. Omer Dewavrin trouvait dans ce motif caché une raison à sa tendresse.

Le train avait quitté l'Île-de-France. Tassé dans un coin de la banquette, le maire enfonçait les mains dans les poches de son pardessus étroitement boutonné. Les courants d'air traversaient le compartiment du Paris-Calais. Il faisait presque aussi froid que dehors. Les deux Anglaises avaient sorti de leurs manchons des mouchoirs parfumés où elles enfouissaient leurs narines. Cette satanée odeur dans ses vêtements…

Il avait remis à Rodin, comme à son confrère, une brochure sur l'histoire des Bourgeois de Calais. C'était un extrait des *Chroniques* de Jean Froissart que la municipalité avait fait imprimer pour l'information des soumissionnaires, des responsables publics et des mécènes à intéresser au projet. À ce pittoresque Michelet du Moyen Âge, conteur abondant et témoin de la première moitié de la guerre de Cent Ans, la ville devait une partie de sa notoriété. On aurait pu lui élever une statue à lui aussi, un buste dans l'escalier de l'hôtel de ville. Le prolifique chanoine, né à Valenciennes une dizaine d'années avant le siège, en avait recueilli et rapporté les péripéties avec force détails sur les souffrances et la vaillance des assiégés, puis sur les circonstances de la reddition de la place. Le consentement au sacrifice de six notables, la supplication de la reine et la clémence du roi d'Angleterre étaient le point d'orgue de l'événement.

C'était une sorte de reportage, vivant, coloré, mais que le texte, en vieux français, rendait difficile d'accès. Le maire, qui comprenait le patois picard, une nécessité pour un officier ministériel traitant les affaires des cultivateurs du pays, se demandait ce que les Parisiens allaient y comprendre. Cette pensée l'amusait. Ils se débrouilleraient, cela contribuerait à les départager et le plus motivé l'emporterait. Le barbu de la rue de l'Université, avec ses grosses mains et ses manières rustiques, ses silences et son marmonnement, paraissait mieux armé que le dandy rencontré l'après-midi. Il y avait du paysan chez ce Rodin.

Après la vallée de l'Oise, les fermes éparpillées dans la campagne, les localités traversées par le chemin de fer étaient bâties en briques. Les gares aussi. Dans la dentelle urbaine rougeâtre qui s'étirait par intermittence aux fenêtres, une tache blanche signalait une église en pierre, une grise, le toit d'ardoise d'un château. Le train glissait sur la plaine picarde. Il n'était pas près d'arriver au bord de la mer, au moins trois heures encore avant le terminus, mais les choses prenaient un air familier. Le maire de Calais montait vers le nord et sentait à la douceur d'être où il s'engourdissait, malgré le bruit, le cahotement et le froid, combien ce bref séjour à Paris l'avait éloigné, retiré de son univers.

Il avait fait son droit à la Sorbonne au temps de l'Empire. Il avait connu la vie des étudiants studieux : quelques soirées arrosées, de jeunes couturières et modistes attirées par des camarades plus délurés, les timides débordements nocturnes contenus par la police de Napoléon III. Tout cela était loin. Licence en poche, sa thèse soutenue et enregistrée, il avait racheté l'office de maître Isaac à Calais. Les vieilles familles de la ville l'avaient adopté, les fermiers aussi, et l'étude avait prospéré dans le vif courant des affaires du milieu du siècle, à peine ralenti par la guerre franco-prussienne, accéléré par la reconstruction. Il avait maintenant quarante-sept ans. Cette escapade à la capitale n'avait pas été désagréable. Elle avait même été excitante par certains aspects – il revoyait la femme parmi les statues – mais en traversant le Quartier latin, le rappel du temps écoulé l'avait mordu au cœur. Paris avait changé. Plus que les modernisations du préfet Haussmann, plus que les ultimes traces des incendies de la Commune, l'avait rendu pensif ce qui demeurait. Les façades des vieux quartiers, les ponts sur le flot terreux de la Seine, les monuments anciens au bout des avenues nouvelles, tout ce qu'avait connu le bachelier débarquant du Pas-de-Calais, émerveillé, dévoré de désirs, lui disait que sa vie était écoulée aux deux tiers.

Derrière le train, la faille du temps se refermait. Il éprouvait la tendresse du retour et revenait à son projet de monument. Le dossier s'ouvrait, allait s'épaissir, on aurait besoin de ses compétences. Il faudrait refaire le déplacement à Paris afin de s'assurer des progrès de la statue, visiter à nouveau ce Rodin, rédiger des comptes rendus, solliciter des administrations, trouver de l'argent. Encore fallait-il que le sculpteur soit choisi. Le comité du monument, le conseil municipal, cela concernait bien du monde, supposait bien des discussions et des avis avant la décision... Mais, c'était comme ça, cet homme lui plaisait. Le notaire éprouvait à son endroit une sorte d'affinité qu'il n'aurait su expliquer. Il sentait chez lui à la fois la franchise du bon artisan, et la ruse de celui qui veut réussir. Cela donne du résultat, l'expérience d'une vie le lui avait enseigné. Et ses œuvres étaient inhabituelles, surprenantes. Il hésitait à les qualifier de belles, mais elles suscitaient une émotion. Il était pris.

Il lui faudrait veiller sur l'artiste et sans doute le secouer de temps en temps si l'on voulait que la statue d'Eustache de Saint-Pierre fût prête pour les festivités du centenaire de la Révolution. Quatre années avant le coup d'envoi du 1er janvier 1889, le délai était suffisant, mais la prudence commandait de prévoir large. Pour un sculpteur parisien les termes d'un contrat n'avaient pas la même signification que pour les commerçants, artisans, armateurs, médecins et entrepreneurs du conseil municipal. Le maire les connaissait, gens positifs, carrés. Ils auraient aimé que la statue, en bronze, soit proprement campée sur de la bonne pierre par un marbrier du pays, sans avoir à traiter avec un rêveur mal peigné, fagoté comme l'as de pique, aux souliers éculés, qui n'aurait ni le sens du temps, ni celui de l'argent.

Le train de la Compagnie du Nord était ponctuel. Omer Dewavrin salua les deux Anglaises, qui poursuivaient leur voyage jusqu'à la gare maritime pour y attraper le ferry de Douvres, et descendit sur le quai de la gare de Calais-Ville. Il traversa la cour avec la cohorte des voyageurs. Le plus grand nombre s'éloigna vers Saint-Pierre, la cité ouvrière grandie à côté de Calais, les autres, des passagers des voitures de première ou de seconde classe, prirent le pont sur le canal qui conduisait à la vieille ville. Le soir tombait, la lumière chassait vers la mer, du côté où ils allaient. On apercevait les clochers encore brillants de la dernière averse, et, sur la droite, les mâts des navires amarrés dans le bassin Carnot. Ils étaient plus rares. Boulogne, depuis qu'elle bénéficiait d'une liaison ferroviaire directe avec Paris, avait capté une partie du trafic maritime avec l'Angleterre.

Le maire ralentit le pas, laissa s'effilocher le groupe des voyageurs devant lui. Il marchait seul sous la poterne, les odeurs de l'eau stagnante, de la muraille humide, se mêlaient aux effluves du sel dans la brise. La mélancolie le rattrapait toujours à cette heure, celle de la sortie de l'étude quand il était pensionnaire. L'ombre des remparts s'étendait sur l'eau. Ces vénérables maçonneries militaires n'en avaient plus pour longtemps. Les arbres du chemin de ronde avaient été coupés et bientôt les vestiges des fortifications seraient arasés. La dynamite et les pioches achèveraient l'œuvre du temps ; on se verrait d'une agglomération à l'autre par-dessus le canal. Calais et Saint-Pierre ne feraient bientôt qu'un. La loi portant fusion des deux communes, bientôt débattue cet hiver à la chambre des députés, serait promulguée avant la fin de la saison.

La vieille cité avait longtemps résisté. Il y avait eu de nombreuses réunions dans le bureau du sous-préfet de Boulogne, et à la préfecture du Pas-de-Calais, à Arras. Omer Dewavrin était convaincu pour sa part que le statu quo n'était plus tenable, qu'il fallait adapter les institutions pour ne pas subir l'avenir, mais en tirer profit dans l'intérêt commun. Ce point de vue longtemps minoritaire, il l'exposait avec prudence. On respectait son intégrité, ses compétences, on le soupçonnait toutefois de ne pas être viscéralement attaché à l'identité de la ville, n'y étant pas né. Ses arguments progressaient néanmoins. Les élections, deux ans auparavant, avaient rajeuni le conseil. Les rentiers s'étaient effacés, les professions montantes, hommes d'affaires et juristes, les avaient supplantés. Ils avaient choisi pour leur maire l'habile avocat de la fusion au sein de l'ancien conseil.

Les gens de Calais étaient attachés à leur histoire. Le village de pêcheurs à l'aube du Moyen Âge était devenu un port important et une place forte quand sa relation avec l'Angleterre, la plus courte distance entre le continent et la grande île, avait pris un tour stratégique. Depuis les remparts et les plages, on voyait les côtes du Kent par temps clair. Dans le faubourg de Saint-Pierre vivaient autrefois les maraîchers au milieu de leurs cultures, les pauvres, dans un groupement anarchique de logis vétustes. Là s'étaient établies les fabriques vers 1800. Équipées de machines anglaises, elles produisaient la dentelle et le tulle au kilomètre et en fournissaient la France entière. Le besoin de main-d'œuvre avait attiré des milliers de personnes de l'intérieur du pays et de Belgique. Leurs habitations s'étaient agglomérées, Saint-Pierre avait pris forme, s'était développée : deux mille habitants au début du siècle, trente-trois mille maintenant. À peine treize mille dans Calais. Il ne fallait pas se payer de mots, la fusion était en réalité une absorption de la ville souche par la ville-champignon poussée à son flanc.

Un jour, il ne se souvenait plus quand ni pourquoi, l'idée de relancer le projet d'élever sur la place d'Armes une statue à la gloire des héros du siège de 1347 l'avait traversé. Peut-être était-ce à force de frôler dans l'escalier de la mairie ce buste supposé représenter Eustache de Saint-Pierre, une banale figure à l'antique taillée dans de la pierre blanche pendant le règne de Louis-Philippe. Sous un visage de convention, la cordelette nouée au cou, prête à l'emploi, avait quelque chose de saugrenu. Elle suggérait un drame que la sérénité figée des traits démentait. Le buste avait été casé dans un coin obscur et la poussière sur ses épaules avait l'épaisseur du velours.

Comme il arrive souvent aux nouveaux venus, Omer Dewavrin s'était pris de passion pour l'histoire locale.

Il consultait les livres et monographies que le libraire lui dénichait, allait remuer les archives de la mairie à la recherche de documents anciens. Il avait conservé de ses années d'humanités le goût de l'étude gratuite, et le cultivait comme un délassement. Cela le changeait des chicanes et mesquineries des règlements de successions, des transactions contractuelles et des relations avec l'administration fiscale à l'étude notariale. Il lisait et rêvait sur les événements du passé, les imaginait dans les paysages qu'il connaissait, où lui-même s'incorporait. Il avait acquis une édition vénérable des *Chroniques* de Jean Froissart sur la guerre de Cent Ans. Elle faisait la part belle à Calais, sa résistance aux Anglais, le courage de ses habitants et leur fidélité au royaume de France.

Dans la ville close, les vieilles maisons penchaient leurs encorbellements vers le voyageur. Pas une n'avait subi le siège de 1346, pas une n'avait vu passer le pathétique cortège conduit par Eustache de Saint-Pierre vers le camp des Anglais, mais elles étaient si voûtées, si tordues, leurs façades si ventrues, leurs bois d'œuvre si noirs et fendillés, durs comme du vieil os, qu'on l'aurait cru et que leurs habitants en étaient persuadés. Dans la nuit montante, des têtes sculptées grotesques, ces corbeaux ornés aux extrémités des poutres, le regardaient se hâter vers son domicile. Il en remarquait chaque fois de nouvelles.

Ces curiosités devraient intéresser le sculpteur parisien. Il les lui montrerait quand il viendrait à Calais et se réjouissait à l'avance de le faire lui-même, pendant une promenade ou pendant le trajet de la gare à chez lui. Encore fallait-il que la candidature de ce Rodin soit retenue… L'équité bien sûr… Omer Dewavrin faisait effort pour réprimer ce que son instinct lui suggérait. Il se promit de réserver au conseil municipal et au comité d'initiative un exposé objectif des constatations faites pendant son séjour à Paris, puis retourna à sa songerie. Ses chaussures et sa canne à bouts également ferrés sonnaient sur les pavés du vieux Calais. Un chien furetant du côté du port arrosa une borne, puis renifla quelque ordure. À faire nettoyer demain. Au bout de la rue brillaient les fenêtres de sa maison. Il aperçut une silhouette traverser le salon. Léontine, sa femme.

DANS LE SALON DE L'APPARTEMENT de la rue de Bourgogne où il venait d'emménager avec sa compagne, Rodin prononçait les noms des six otages à haute voix. Il détachait les syllabes, les faisait sonner entre les murs de la petite pièce. Il dut expliquer à Rose Beuret, qui réchauffait la soupe, la raison de cette exaltation et commença de lui raconter la visite du maire de Calais, leur déjeuner et le projet de monument aux héros de la ville. En répétant le récit de leur histoire, complété de ce qu'il avait pu lire, il avait l'impression d'incorporer l'événement, de l'enfoncer dans les couches profondes de sa méditation où s'exerçaient les influences secrètes. Déjà, il savait les noms des personnages par cœur et s'émerveillait que leurs prénoms fussent si communs. Des Jean, des Pierre, des Jacques, les concierges du quartier en avaient des listes entières. Saint-Eustache était une des plus grandes églises de Paris au milieu du quartier des Halles. Il essayait de se représenter ces riches marchands, la manière dont ils étaient vêtus, l'intérieur de leur maison, leurs femmes, leurs enfants, leurs serviteurs. Ils vivaient cinq siècles plus tôt au bord de la mer du Nord. Comme eux, Rodin l'avait vue terne ou étincelante, bavant au pied des dunes du côté d'Ostende, se retirant deux fois par jour sur les sables gris. Quand ces hommes du Moyen Âge marchaient sur la plage à marée basse, l'empreinte de leurs pieds était la même que la sienne et celle de Rose. C'était très loin, c'était tout près. Son esprit enjambait les époques, de la fin du XIXe siècle au début du XIVe.

La nuit d'octobre était obscure et froide derrière les rideaux tirés. Rodin mangeait en parlant. Rose l'écoutait, posait parfois une question. Il s'interrompait, comme réveillé, puis reprenait ou bifurquait, sans lien avec le propos de sa compagne qu'il semblait n'avoir pas compris. Elle avait l'habitude. Elle assistait à son monologue plus qu'elle ne le suivait. Pourtant, si elle se levait pour rapporter un plat vide à la cuisine, il attendait qu'elle soit revenue avec l'assiette du fromage ou la corbeille de fruits pour continuer. Les formes dans son esprit naissaient, se modifiaient, s'étiraient, s'évanouissaient, renaissaient.

Il était emballé par le motif, un beau sujet d'histoire, jamais traité de façon convaincante, à sa connaissance. Le défi et la liberté… ses mains frémissaient. Le savoir-faire ne suffirait pas. Il y faudrait de l'invention puisqu'on ne savait rien de l'aspect de ces gens, de leurs attitudes. L'artiste qui réaliserait une œuvre à la mesure de cet épisode légendaire, mort et dévouement, serait grand parmi les grands. Il voulait être cet artiste. Les confrères, les inspecteurs des Beaux-Arts qui l'avaient calomnié à propos de *L'Âge d'airain* s'inclineraient. Ils regretteraient leurs paroles, leurs rapports dormant dans les placards de l'administration. À quarante-quatre ans, après trente années de taille et de modelage en tous genres, d'un artisanat appliqué et sans gloire aux ordres du commerce, ornements, atlantes et cariatides aux porches et balcons des immeubles cossus de Paris et Bruxelles, il s'en sentait capable. Il ne doutait pas de ses mains, de ses doigts souples et forts, aux pulpes sensibles, de ses paumes larges et solides, plus soyeuses que la surface du marbre. Deux amoureuses au bout de ses bras, et plus savantes que lui.

Rose était satisfaite de le voir ainsi ruminer le travail du lendemain, satisfaite de préparer ses repas, de blanchir son linge, de veiller à ce qu'Auguste fût présentable quand il sortait, quand il devait rencontrer quelques messieurs. Ces services rendus depuis des années au sculpteur dont le talent, elle en était sûre depuis le début, serait un jour reconnu par tous, cet inlassable dévouement lui appartenait, à elle, Rose Beuret, couturière, née à Vecqueville, Haute-Marne, le 9 juin 1844. Cela, quoi qu'il pût arriver, personne ne pourrait jamais le lui enlever. En desservant la table, elle regardait Rodin flâner en lui-même, nourrir les rêves du prochain sommeil. Il se tut, repoussa son assiette, ôta sa serviette, écarta sa chaise de la table et prit le fascicule que lui avait remis le maire. Il le tint un moment sur sa cuisse avant d'ajuster son pince-nez et de l'ouvrir.

Il en avait déjà parcouru les pages dans son atelier, debout devant le poêle, après avoir quitté Omer Dewavrin. Cette lecture rapide l'avait déconcerté. Il en comprenait le sens, mais il ne parvenait pas à saisir les subtilités de cette prose du Moyen Âge. Or, pour nourrir sa vision il avait besoin de la signification exacte de chaque mot. Sa fantaisie butait sur les difficultés du vieux langage, des mots ténébreux bloquaient son imagination, l'inhibaient. Le fascicule l'avait ramené au temps où il était cet élève à grosse tête, qui se taisait dans un coin au fond de la classe, et craignait d'être interrogé parce qu'il distinguait mal les traits de craie du maître d'école sur le tableau. Il avait espéré que dans la quiétude de cette soirée, chez lui, près de sa compagne, tout s'éclairerait. Les mots du XIVe siècle résistaient.

« *Quand le roi d'Engleterre fut venu premièrement devant la ville de Calais, ainsi que celui qui moult la désiroit à conquérir, il l'assiégea par grand' manière et de bonne ordonnance, et fit bâtir et ordonner entre la ville et la rivière et le pont de Nieulai hôtels et maisons, et charpentes de gros merrein, et couvrir les dites maisons, qui étoient assises et ordonnées par rues bien et faiticement, d'estrain et de genets, ainsi comme s'il dut là demeurer dix ou douze ans ; car telle étoit son intention qu'il ne s'en partiroit, par hiver ni par été, tant qu'il l'eut conquise, quel temps ni quelle peine il y dut mettre ni prendre.* »

La chronique de Jean Froissart avait les obscurités entêtantes d'une langue apprise dans l'enfance, en partie oubliée. Les siècles s'étaient refermés sur leur signification. Rodin s'obstinait, s'hébétait sur les pages, se crevait les yeux sur les lignes qui finissaient par flotter dans le blanc du papier. Comme le ciseau du débutant sur le granit et le basalte, son esprit ricochait sur d'irritantes approximations. Sa lecture cheminait dans le demi-jour, à cloche-pied sur la marelle du vocabulaire. Il se coucha. Le sommeil enfanta les rêves suggérés par les mots anciens : images fantastiques, contes angoissants, une danse des morts sur un chant barbare.

Le lendemain, à l'ouverture de la bibliothèque Sainte-Geneviève, il se trouvait devant sa porte massive, comme autrefois, quand, apprenti désargenté dans un foyer où la Bible était le seul livre, il venait lire Victor Hugo, Eugène Sue, Balzac, Alexandre Dumas et d'autres dont il avait oublié les noms. Avec la ferveur, la naïveté et l'opiniâtreté des autodidactes, il passait ses heures de liberté dans la grande salle, chauffée l'hiver, fraîche l'été. Il ne comprenait pas tout ce qu'il lisait accoudé à une longue table, mais il était obstiné et consciencieux. Il ne sautait pas les pages. En ces temps, le bâtiment récemment inauguré sentait le neuf, et le jeune homme maigre, imberbe, pauvrement vêtu, était si timide qu'il présentait sa carte de lecteur au gardien en redoutant à chaque fois d'être refoulé.

Presque trente ans après, il entrait en habit et cravate noirs sous les arceaux métalliques de la charpente, entre les escaliers et les galeries de bois du temple des livres, et se trouvait aussi démuni qu'autrefois. Ce n'était plus une question d'argent. L'employé auquel il avait tendu sa fiche lui remit une édition complète des *Chroniques*. Cela faisait plusieurs volumes reliés. Il ne s'attendait pas à cela. L'œuvre, énorme, couvrait trois quarts de siècle, du début du conflit franco-anglais aux premières années du règne de Charles VI. Elle racontait les campagnes militaires et les batailles, la vie des grands et les fêtes des cours royales dont Froissart avait été le témoin direct ou tenait le récit par ouï-dire. Le bibliothécaire n'avait pu fournir à Rodin une transcription en français contemporain.

Après une quête fébrile, anxieuse dans le papier imprimé, y guettant des repères : dates, noms de lieux, de rois ou de grands seigneurs, le sculpteur finit par repérer le passage relatif au siège de Calais. Il n'y trouva aucune lumière nouvelle. Se reporter au texte intégral avait au contraire aggravé son désarroi ; il s'exagérait maintenant les difficultés de langue à surmonter. Elles lui paraissaient hors de ses moyens. Le magasinier lui avait remis avec la pile de livres une notice sur l'auteur, illustrée d'un portrait gravé. Elle lui apporta quelques informations et un moment de lecture sereine dans la salle toute bruissante des feuillets manipulés, des éternuements réprimés, des chuchotements et des semelles frottées. Né à Valenciennes, mort à Chimay au début du XVe siècle, Jean Froissart, intellectuel au long nez, à la bouche amère, revêtu de la robe des clercs et portant bonnet, était un homme du Nord. Il s'exprimait et écrivait en langue picarde, une variante du français. Le brouillard commença de se déchirer.

Rodin déjeuna rue de Bourgogne avant de se rendre rue de l'Université. En passant devant la loge, il invita le concierge à le suivre dans son atelier. L'employé de l'État était originaire de Picardie. Le brave homme qu'il croisait chaque matin en était si fier qu'il le signalait à tout bout de champ, au cas où son accent n'aurait pas suffi. Sur la table où il montrait ses dessins et esquisses à ses auxiliaires et apprentis en donnant ses instructions, le sculpteur déplia le fascicule et demanda au concierge si, en sa qualité de Picard – il le caressait de la voix, comme les élus et fonctionnaires dont il sollicitait le soutien –, il pouvait lui apporter des éclaircissements sur les expressions locales employées dans cette histoire écrite, il y avait longtemps, par un compatriote à lui. L'homme se pencha sur le texte. Le suivant de l'index ligne après ligne, il lisait, lentement, sourcils froncés, bouche ouverte. Rodin regardait les plis se creuser sur son front.

Le Picard était parvenu à élucider quelques-uns des mystères signalés par le sculpteur, lorsqu'un monsieur d'une trentaine d'années, ganté, cravaté et chapeauté, solide gaillard à la moustache rousse, pénétra dans le hangar. C'était Octave Mirbeau. Rodin avait demandé à ce journaliste, écrivain parfois à son compte, amateur d'art moderne avec lequel il était en train de se lier d'amitié, de venir le voir dans l'après-midi pour lui parler d'un projet. Le sculpteur admirait sa culture, son enthousiasme.

D'autant plus que depuis plusieurs mois, il proclamait partout de sa grosse voix et d'une plume enflammée que le nommé Auguste Rodin était un sculpteur de génie dont la France entendrait bientôt parler, et l'Europe et le monde entier.

Mirbeau posa ses gants et son chapeau sur la table, desserra sa cravate et s'inclina à son tour sur le document. Il put donner la signification de quelques mots anciens. « *Et avoit en cette neuve ville du roi toutes choses nécessaires appartenant à une ost…* » *Ost*, c'était l'armée royale. Il cita La Fontaine « *… on vit presque détruit / L'ost des Grecs et ce fut l'ouvrage d'une nuit* ». « *… ceux de Calais lui ont tant fait de contraires et de dépits, le sien fait dépendre, et grand foison de ses gens fait mourir, dont si il lui en poise ce n'est mie merveille.* » « *Poise !* » Il récita « *Je suis François, dont ce me poise / Né de Paris emprès Pontoise / Qui d'une corde d'une toise / Sçaura mon col que mon cul poise.* » Comme le sculpteur et le concierge demeuraient perplexes, Mirbeau s'exclama : « *Poise, pouèse… pèse !* » Pendant sa lecture, l'homme de lettres eut fréquemment recours à François Villon qu'il aimait. Quand il trouvait un terme éveillant sa mémoire, il se redressait, déclamait et ses bras remuaient l'air autour de lui. Quand le mot « *hart* » s'était présenté : « *… tout nuds en leurs chemises, la hart au col, et les clefs de la ville en leurs mains…* », il avait porté la main à son cou et, tirant sur sa cravate, sortant la langue et écarquillant les yeux, mimé un pendu. Puis il récita : « *Vous nous voyez cy attachés cinq, six / Quant de la chair que trop avons nour-*

rie / Elle est pieça dévorée et pourrie / Et nous, les os, devenons cendre et poudre / De notre mal personne ne s'en rie / Mais priez Dieu que tous nous veuille absoudre !»

Une petite partie du vocabulaire, des constructions de phrases plus archaïques continuaient d'échapper au trio. Ils percevaient le sens général du texte, mais Rodin tenait à l'exactitude. Le flou l'empêchait de distinguer ses personnages, l'incertitude tenait sa pensée dans une région brumeuse et inhospitalière. Elle troublait son imagination. Le Picard proposa d'aller chez lui pour associer sa femme au déchiffrement. Elle savait seulement signer son nom et lire les mots utiles à une ménagère, mais, originaire d'un village du Pas-de-Calais, dans les terres, elle parlait patois. Rodin avait constaté que les propos de la brave épouse, plutôt rustiques, étaient truffés d'expressions chuintantes, aussi fluides et fusantes dans sa bouche qu'elles étaient opaques et sans mobilité dans l'esprit de Rodin. Cela l'amusait. Le matin, il lui faisait volontiers un brin de conversation avant de se mettre à la tâche. Il savourait les sonorités d'un langage que des générations macérant entre des collines noyées de pluie d'un coin de l'Artois avaient patinées. Ces mots-là donnaient de la tendresse au monde qu'ils commentaient, et le plaisir qu'il prenait à les entendre se serait peut-être dissipé à les comprendre. Maintenant, parce qu'une œuvre était en jeu, il avait besoin de savoir. Le bon artisan ne pouvait se satisfaire de l'à-peu-près.

Dans la loge, la femme pelait des pommes de terre, un gros chat tigré sur les genoux. Elle écarta sa besogne, déposa l'animal près du poêle, sur le tas de chiffons où il avait ses aises, et, le temps de «*donner un coup de loque*», invita les hommes à s'asseoir autour de la table. Elle y posa trois verres et servit de son café tenu au chaud. Rodin raconta une nouvelle fois l'histoire des Bourgeois de Calais. Il enrichit son récit en peignant le décor du Moyen Âge tel qu'il l'imaginait et le rivage de la mer du Nord tel qu'il s'en souvenait. Enfin, son mari commença de relire le fascicule en s'arrêtant sur les quelques mots et tournures restés obscurs. Il regardait alors sa femme qui les répétait, avec l'accent de son pays, et en donnait, quand elle le pouvait, le sens.

Mirbeau était fasciné, Rodin enchanté. Cette paysanne montée faire la bonne à Paris par le chemin de fer, après la guerre contre la Prusse, défiait le temps du haut de son ignorance. Les siècles n'avaient pas eu plus d'effet sur son langage que sur le comportement du matou blotti sur une chaise, près du feu, comme en avait coutume son espèce depuis qu'elle fréquentait les humains. La femme s'animait au fil de la chronique. Sa réserve initiale, surtout inspirée par Mirbeau, ce monsieur aux yeux bleus impressionnants qu'elle ne connaissait pas, était entièrement tombée et sa bonne humeur avait pris le dessus. Elle se servit un verre de café.

L'histoire de la reddition de Calais au roi d'Angleterre, le 4 août 1347, achevait de sortir des limbes dans l'étroit rez-de-chaussée du Dépôt des marbres, la loge mal éclairée où la vapeur des pommes de terre mises à bouillir se condensait sur les vitres. À la fin du fascicule, le concierge lut l'adresse des Bourgeois agenouillés devant Édouard III entouré de ses barons : « *Gentil sire et gentil roi, véez nous cy six…* » Sa femme laissa le silence s'établir, avant de répéter, en y mettant de son gros accent la prononciation adéquate : « *Vé nous chi six !* » Elle avait fait un geste pour accompagner sa parole, un ample mouvement circulaire, paume ouverte, doigts dépliés, d'une grâce, d'une noblesse surprenantes. Alors Rodin les vit, tous les six.

Omer Dewavrin écarta la paille qui entourait l'objet, avec l'aide de l'huissier l'extirpa de la caisse d'expédition, souffla dessus, et le déposa sur la table autour de laquelle se réunissaient ses collaborateurs et adjoints avant d'entrer en conseil. Au lieu de l'esquisse de la statue d'Eustache de Saint-Pierre attendue, il se trouvait face à un ensemble en plâtre élevé sur un gros cube. Environ soixante centimètres de haut, trente-cinq de large, on aurait dit une pièce montée massive, enduite de crème glacée, le genre de pâtisserie à thème servie à l'issue d'un banquet annuel de corporation.

Resté seul dans son bureau, le maire fit plusieurs fois le tour du projet de monument aux Bourgeois de Calais. Il reculait, inclinait la tête, modifiait les angles de vue, approchait son visage pour scruter les détails, identifier les gestes, les attitudes, les sentiments suggérés par l'ébauche de six formes humaines. Il flairait l'odeur du plâtre frais, et du bout de l'index sentit un reste d'humidité. Il faillit le porter à la bouche. Il revint à son dossier et reprit sa lecture, jetant de temps à autre un coup d'œil sur la maquette blanche qui venait de bouleverser l'univers familier de son bureau.

Ce Rodin n'avait pas traîné. Moins d'un mois après leur rendez-vous à Paris, débarquait à la mairie ce projet monumental. Il n'avait pas fait ce qu'on lui demandait, sa proposition était plus ambitieuse. Elle lui avait déjà coûté beaucoup d'heures de travail alors qu'il n'avait aucune certitude d'être choisi. L'artiste avait du caractère, de la suite dans les idées et l'énergie pour les mettre en œuvre. Cela impressionnait l'homme de loi. On ne lui avait pas recommandé un dilettante et sans doute pas un mercenaire. Il y avait dans l'ébauche que la nuit commençait d'envelopper quelque chose de grand. Il ne savait quoi, mais il en était certain.

Omer Dewavrin n'avait pas le goût du mystère. Il aimait le droit, la science, l'histoire, les raisonnements rigoureux, la clarté dans leur expression, la fermeté et la précision dans leur application. Il se tenait pour un homme de sens pratique, positif et raisonnable. Les préjugés, les a priori, les bavardages et toutes les formes de sentimentalité lui faisaient horreur comme des niaiseries, une perte de temps et un empêchement à agir. Mais il sentait dans ce plâtre où l'on voyait les traces des doigts qu'il avait serrés, dans cette maquette née sous la lumière verticale de l'atelier parisien poussiéreux et glacial visité le mois précédent, l'expression d'une vérité supérieure qui le dominait.

Sans comprendre, il consentait, surpris par la chose et par lui-même.

C'était la mi-novembre, le jour était bas. L'huissier venait de monter les parapheurs du soir. Dans son coin, l'objet semblait phosphorescent, éclairé de l'intérieur. Le maire se leva, se rapprocha pour revoir les six hommes pieds nus, en chemise, liés entre eux par une grosse corde, un monstrueux serpent torsadé. Ils se tenaient aux coudes ou se touchaient aux épaules. L'un, le bras gauche levé vers l'avant, montrait aux autres le chemin, celui du camp des Anglais. Il s'agissait certainement d'Eustache de Saint-Pierre. Plus âgé, il portait la barbe. Un autre, légèrement détaché, se tenait courbé, la tête entre les mains, accablé par l'effroi d'une mort prochaine. Le maire revint à son bureau, signa les documents, glissa un dossier dans sa serviette. La lumière sur son bureau effleurait de son halo la procession des otages. Comme il allait quitter la pièce, il se retourna. Eustache de Saint-Pierre, bouche ouverte dans la pénombre, de sa main tendue le désignait. Il referma la porte.

Le lendemain, il fit transporter le groupe dans le couloir menant à son bureau. Toute la journée, de chaque personne reçue ou croisée, il recueillit l'opinion sur la maquette. Ses collaborateurs cherchaient d'abord ce que leur patron en pensait avant de répondre. Comme il avait l'air de bonne humeur, ils en disaient du bien. Sa femme, venue à la mairie pour lui donner son avis, considéra la maquette sous toutes les coutures, tandis que lui observait l'expression de son visage. Elle trouvait l'idée remarquable. Le projet sortait de l'ordinaire, très au-delà de ce qu'on pouvait espérer, de ce qu'elle-même avait essayé d'imaginer. L'artiste était d'une force peu commune, surclassait l'idée qu'elle se faisait de lui d'après le récit de son mari sur sa visite au Dépôt des marbres. Il lui paraissait maintenant exclu de représenter autrement l'histoire des Bourgeois de Calais. Omer Dewavrin passa le reste de la journée à marcher dans son bureau, s'arrêter à la fenêtre, guetter la neige en comptant les mâts des navires qui, par-dessus les toits, rayaient le gris du ciel.

Les jours suivants, après avoir expédié les affaires pendantes à son étude, il demeurait à l'hôtel de ville. Depuis que sa femme avait parlé à propos de la maquette d'un « groupe », il ne pouvait le nommer autrement. De la représentation d'un seul, le projet de Rodin avait élevé son imagination à six. Autour du plâtre, il devinait une foule, entendait la douloureuse rumeur des assiégés. Tout Calais se trouvait là, et pas seulement les gens présents dans la ville au jour de la reddition, mais ceux qui les avaient engendrés, et ceux qui leur succéderaient et toute la cohorte jusqu'à nos jours. Sur la représentation de la scène héroïque, le pluriel avait fait son œuvre. Il sentait l'innombrable.

Quand cessait l'activité des services, quand le silence entre les murs n'était plus troublé que par les tribulations du seau de la femme de ménage dans les couloirs, le soir le rendait à sa rêverie. Il voyait, dans une soudaine accélération du temps, quelque chose qui demeurerait. On viendrait de Paris, des quatre coins du pays pour admirer l'œuvre que Calais allait élever à la mémoire de ses héros. Elle assurerait le renom de la ville et les amateurs du monde entier rêveraient de la voir, de la toucher, d'en posséder une copie. On prendrait des photographies qui feraient le tour de la terre, elles seraient reproduites dans les livres de prix et les albums des beaux-arts. On en tirerait des cartes postales, des images pour les écoles et l'édification des petits Français. Il allait à la fenêtre, fixait le point clignotant du phare dans la nuit d'hiver. Ce Rodin était le bon cheval, il les mènerait loin.

Il fallait maintenant réunir le comité pour lui présenter le projet sans en attendre d'autres. Quelques artistes de la région s'étaient déclarés intéressés. Aucun ne pourrait rivaliser avec Rodin. Il faudrait trouver le moyen de les prévenir sans les humilier. Trouver peut-être un moyen de les dédommager, leur confier quelques ornements dans la future gare portuaire. Il s'occuperait de cela. Évidemment, la réalisation du groupe coûterait plus cher que prévu. Si les premiers résultats de la souscription publique étaient encourageants – Boulogne-sur-Mer, Dieppe et Douai avaient déjà fait connaître leur intention de contribuer, des particuliers avaient eux aussi souscrit –, les grands mécènes, sauf le duc de Chartres qui, comme Louis-Philippe, son grand-père, avait le goût de l'histoire, ne s'étaient pas encore signalés et l'État faisait la sourde oreille. Omer Dewavrin essayait d'estimer la dépense, envisageait d'autres ressources à mobiliser, les démarches à accomplir, les soutiens à susciter, notamment de la part des parlementaires et du côté de la presse. Il échafaudait un plan de campagne.

Le samedi suivant, les convocations étaient parties, les directeurs de journaux locaux et les correspondants de la grande presse avaient été informés. Le maire avait écrit à d'autres personnalités de la commune, en raison de leur influence ou de leur compétence dans les questions financières, pour les inviter à intégrer le comité. Depuis deux jours, il ne s'était pas rendu à son étude et se faisait porter en mairie les actes à signer.

L'extension du nouveau port et l'arasement de la ceinture de remparts héritée de Richelieu et Vauban, qui corsetait la ville et ne la protégeait plus, prenaient le meilleur de son temps. Les chantiers ne progressaient pas aussi vite que souhaité, en particulier celui du port, soumis aux aléas climatiques et aux violences de la mer. Il avait pris l'engagement devant le conseil municipal et les habitants que la fusion prochaine avec Saint-Pierre ne remettrait pas en cause des investissements indispensables à l'avenir de Calais. C'était la condition pour que le mariage de raison réussisse. Il fallait donc avancer de manière à rendre irréversibles les options prises par l'actuelle municipalité.

De la nécessité d'aller vite tant qu'il avait le pouvoir de décider, Omer Dewavrin venait de recevoir une nouvelle preuve. Le maire de Saint-Pierre, M. Van Grutten, avait fait savoir par courrier que son conseil différait sa réponse à la souscription nationale lancée par Calais pour son monument. Le motif n'était pas spécifié. C'était décevant, pas surprenant. Au début de l'automne, à l'issue de la réunion sur la fusion des deux collectivités, pendant le déjeuner offert par le représentant de l'État dans l'hôtel de préfecture, il avait sondé son homologue sur le projet. Il n'avait obtenu qu'une réponse évasive et le préfet, manifestement informé de la réticence des Saint-Pierrais, avait dévié la conversation vers un sujet anodin. On devait bien se douter que des radicaux élus par des ouvriers ne donneraient pas un sou pour payer un monument à la gloire de bourgeois, même s'ils étaient ceux d'autrefois. Ces inimitiés de classes traversaient le temps.

Dans moins d'une demi-heure, il serait chez lui. À Wimereux, à trente-trois kilomètres au sud de Calais, après les caps Blanc-Nez et Gris-Nez, et sept au nord de Boulogne, Omer Dewavrin avait fait construire une villa sur le littoral. C'était une grande maison colorée, ouverte sur la mer par de vastes bow-windows. L'architecte l'avait agrémentée d'ornements que le sel, malgré le renouvellement des couches de peinture, rongeait déjà. Il y séjournait les dimanches et fêtes et rentrait à Calais le lendemain avec le premier train du matin. Sa femme s'installait là-bas avec la bonne et leurs quatre enfants pendant la durée des vacances, il les rejoignait dès que possible. Ils l'avaient baptisée « L'Éventée » parce qu'on y sentait jour et nuit la respiration de la mer.

La secousse de l'omnibus de Boulogne qui suivait les claquements de portières et le coup de sifflet le détachait des préoccupations de la semaine. Il lui semblait les voir s'éloigner avec la ville : papiers timbrés, libelles de l'opposition, notes et arrêtés restaient collés aux pavés mouillés, aux murs borgnes des rues étroites et sans lumière. Pourtant, cette fois, le dernier message du maire de Saint-Pierre n'était pas resté à quai. Il le constatait, rien de ce qui concernait le monument aux Bourgeois de Calais ne cessait de l'accompagner. Où qu'il allât, quoi qu'il fît, son esprit revenait avec une sorte de fébrilité allègre vers le projet, vers son projet. L'idée, qui avait pris consistance avec la maquette posée sur une table de son bureau, occupait désormais la place centrale dans son esprit. Il n'avait pas connu de sentiment si puissant depuis sa jeunesse, au temps où il fréquentait la jeune fille qui allait devenir sa femme. C'était vingt ans auparavant, et il avait oublié cette force d'obsession. Le mot « passion » n'était pas dans son vocabulaire, sauf pour plaindre les gens qui en étaient saisis et déplorer ses effets désastreux. Et voici qu'à l'approche de la cinquantaine, il se soupçonnait d'être atteint de cette fièvre de jeunesse et s'étonnait de ne pas regretter les efforts et l'argent absorbés par la chimère qu'il poursuivait.

La lettre du maire de Saint-Pierre était le premier accroc dans le tissu du songe. Cette lettre qui repoussait aux calendes grecques un éventuel soutien de la commune voisine était sans conséquence pratique. Mais Omer Dewavrin connaissait bien son collègue. Ancien officier d'infanterie, saint-cyrien, vétéran des campagnes d'Italie et de Crimée, passé dans la réserve avec le grade de commandant après la défaite, Paul Van Grutten avait longtemps vécu de sa pension et des rentes familiales. Pour chasser l'ennui, il s'était présenté aux élections. La cinquantaine fringante, l'allure martiale et décidée, une voix de tribun qui faisait de l'effet, il avait su séduire les Saint-Pierrais. Son bonapartisme s'était coulé dans un républicanisme farouche, des convictions anticléricales tranchées et un patriotisme démonstratif. Cela plaisait aux ouvriers du textile qui constituaient la majorité de l'électorat de sa commune. Le maire de Saint-Pierre, probablement franc-maçon comme beaucoup d'officiers de son genre, était par ailleurs un homme courtois et raisonnable avec lequel on pouvait s'entendre et travailler dans l'intérêt général.

Le problème venait de la double nature de Van Grutten. Le pragmatisme de sa politique communale, qui en faisait un partenaire acceptable pour les conservateurs de Calais, et avait rendu possible la fusion, s'équilibrait par des interventions enflammées, spectaculaires, sur les questions symboliques et sentimentales. Il faisait pavoiser de tricolore en toutes occasions, interdisait les expressions religieuses sur la voie publique, multipliait dans ses discours les références à la Révolution. Les

Bourgeois de Froissart n'étaient sans doute pas le genre de sans-culottes qu'il portait dans son cœur – Omer Dewavrin sourit en y pensant. Pour le commandant Van Grutten, l'histoire de France commençait en 89, après les âges obscurs. Eustache et ses compagnons étaient les ancêtres des accapareurs, des gens dont la seule patrie était l'argent. Il était inutile de chercher plus loin la répugnance de Saint-Pierre à contribuer à la réalisation du monument.

Le train se faufilait entre les collines barbouillées de pluie, le long de sombres ruisseaux et d'étroites rivières. Décembre secouait les dernières feuilles. Il n'y avait plus ni vaches ni chevaux dans les parcs. Les bosquets grisonnaient, les chênes montraient l'os, des fumées montaient des coupes de bois. Sur la vitre, les gouttes s'étiraient en minces et rapides rigoles. On n'aurait jamais cru la mer si proche. À cinq ou six kilomètres à l'ouest, derrière le bocage éteint par le soir, ses vagues battaient la craie du cap Blanc-Nez.

Au fond, Omer Dewavrin en était persuadé, son homologue était sans doute d'opinion nuancée. Il encourageait l'activité industrielle dans l'agglomération et les commerçants de sa commune trouvaient auprès de lui une oreille attentive. Il donnait à ses électeurs les mots qu'ils souhaitaient entendre, et qu'il aimait dire, afin de mener par ailleurs l'action nécessaire au bien public. De cette politique de la balance, le projet de statue à Eustache faisait les frais. C'était embarrassant. Dans trois mois, Van Grutten serait probablement le premier maire de l'agglomération issue de la réunion de Calais et Saint-Pierre. À moins de faire vite, très vite, le projet de monument n'aboutirait pas.

Aux derniers jours de janvier 1885, Rodin fit le déplacement pour présenter sa maquette au comité. Bien qu'Omer Dewavrin l'eût prévenu que ses membres étaient favorables au projet, il n'espérait pas un tel accueil. Dans le salon d'honneur de l'hôtel de ville de Calais, bientôt désaffecté en raison de la fusion avec Saint-Pierre, ce ne furent que des éloges. Même la forme horizontale du monument, très originale, ne suscita pas de réserve. Il pensait que ce parti pris, en rupture avec les structures pyramidales traditionnellement dressées sur les places publiques pour célébrer les gestes héroïques, appellerait quelques objections. Il n'en fut rien. Cette innovation paraissait chose naturelle. L'idée de représenter le sacrifice, le don de soi par un groupe uni, fraternel plaisait beaucoup. Un enthousiaste alla jusqu'à déclarer que ce serait une invitation à l'union des Français lancée depuis Calais. Dans l'euphorie, la question du surcoût fut abordée comme une modalité à régler le moment venu, en aucun cas comme un obstacle. Rodin avait d'ailleurs modéré ses honoraires tant il tenait à réaliser l'œuvre. Il signala toutefois que le paiement du fondeur était à prévoir en sus.

On se rappela longtemps la défense de son projet par l'auteur. M. Dewavrin, songeant aux propos décousus et énigmatiques de Rodin dans la gargote du quartier des Invalides, avait redouté ce moment. L'éloquence du sculpteur fut aussi étrange que souveraine. Il avait parlé sans notes, debout près de la maquette, en développant ses intentions, justifiant ses partis pris, peignant sa vision de l'œuvre future. Ses mains caressaient l'air autour du plâtre pour en désigner les parties. Elles semblaient animées d'une vie propre. La légèreté des larges paumes, l'agilité expressive des doigts étaient fascinantes. Les mots qui sortaient du fouillis de cette barbe grisonnante, nets et concrets, faisaient oublier le caractère bancal, inachevé des phrases. Les questions de l'auditoire furent accueillies avec une identique attention, et toutes, même les plus naïves, reçurent une réponse à la fois aimable, complète, jamais encombrée de vocabulaire technique. Le maire avait admiré la manière dont le sculpteur avait glissé dans ses commentaires, sans y insister, mais opportunément, ses amitiés haut placées, les marques de reconnaissance et les récompenses décernées à ses œuvres. En moins de deux heures, il avait séduit les notables de Calais.

Omer Dewavrin regrettait de n'avoir pas eu près de lui, pendant la réunion du comité, un des rédacteurs de la mairie, celui chargé du compte rendu de séance au conseil municipal. Aurait ainsi été conservé le plaidoyer de Rodin sur ce qui l'avait poussé à ne pas se contenter, comme prévu, de la figure symbolique d'Eustache de Saint-Pierre, mais à proposer une représentation collective du drame des otages.

Dès que Rodin avait ouvert la brochure, au soir de sa rencontre avec le maire, dès qu'il avait lu, prononcé, entendu les noms des bourgeois, Eustache de Saint-Pierre, Jean d'Aire, Pierre de Wissant, Jacques de Wissant, et celui appelé Andrieu d'Andres, riches marchands et gros propriétaires, et Jean de Fiennes, capitaine de la garnison, cela s'était imposé avec la force de l'évidence. Ils avaient un nom, ils auraient un visage. Ils avaient un état civil, une position sociale, une famille, ils auraient un corps. Tous les six.

La scène, dans son entier déroulement, de la place d'Armes de Calais jusqu'à la poterne donnant sur le camp des Anglais, ne s'était pas présentée d'emblée. Pendant quelques heures, la langue ancienne, celle de Jean Froissart, l'avait tenu à distance, mais quand il en eut surmonté les difficultés, le texte s'était dressé dans son esprit comme une grande toile peinte, une fresque en mouvement. Il ne réfléchissait plus, il n'imaginait plus, il n'avait qu'à regarder.

En chemise, les pieds nus, la corde au cou, les six bourgeois s'étaient réunis, puis mis en route vers le camp du roi d'Angleterre, le vainqueur auquel les soumettaient, après des mois de résistance, la faim et la misère de leurs concitoyens. Présents eux aussi, efflanqués, hâves, massés sur la place, dans les rues, ils faisaient cortège à la petite troupe, à ces sacrifiés drapés de lin écru, tête nue, les pieds terreux, blessés par le sol. La foule s'était ouverte, rangée le long des murs en deux haies frissonnantes sous les encorbellements des vieilles maisons. Rodin, écartant les bras, avait suggéré un chemin devant lui, au milieu de la salle du conseil, à travers l'assemblée des notables, attentifs, captivés… Au passage des six bourgeois, les hommes se découvraient, les femmes se signaient, en pleurs, les enfants dans leurs jupes, les prêtres bénissaient. On entendait le glas.

La salle des mariages de la mairie était silencieuse, la lumière de janvier plus claire. Des flocons glissaient, drus et rapides, derrière les fenêtres. On aurait juré que le sculpteur se trouvait sur la place d'Armes de Calais ce jour d'août de 1347. On n'écoutait plus l'exposé d'une vision, mais le témoignage d'une scène vue, le compte rendu de ce que Rodin revivait, comme s'il avait été lui-même un de ces gamins blêmes, au ventre douloureux, faufilés entre les jambes des assistants. Les otages avaient défilé près de lui, les pans de leurs chemises l'avaient effleuré, la poussière levée par leurs pieds s'était déposée sur les siens. Il avait senti les sueurs de l'angoisse, la tension des corps, leurs respirations oppressées. Il les avait vus tous les six ; il les ferait tous les six.

Les quatre garçons étaient allés se coucher après avoir salué le « monsieur de Paris ». Léontine Dewavrin avait prévu des fruits de mer et du poisson pour ce repas « sans façon ». Il n'y avait pas d'autre invité dans la maison confortablement meublée. La lourde chaleur du charbon, la lumière jaune sous les lampes, le silence de la nuit et la neige au dehors, Rodin regardait les tableaux aux murs. Des petits formats, marines, paysages des Flandres et des collines d'Artois, des portraits d'ancêtres. Aucune chance d'y reconnaître une toile de son ami Claude Monet. La conversation lui révéla que la femme du maire n'ignorait rien du projet de monument et qu'elle y portait un intérêt au moins égal à celui de son mari. Elle servit à l'invité un généreux morceau du turbot de la mer du Nord choisi frais du jour par elle-même, au port, devant la criée : peau luisante, chair ferme.

Le pêcheur qui le lui avait vendu ne devait pas être très différent des Calaisiens du Moyen Âge, rudes navigateurs, corsaires redoutés des marchands anglais. Elle avait lu la chronique de Froissart qui parlait des marins de la côte française, haïs du roi d'Angleterre « *… pour les grands dommages et contraires que au temps passé sur mer lui avoient faits* ». Rodin se souvenait de ce passage du texte. Il répondit que, comme se renouvelaient et persistaient les générations de pêcheurs à Calais, lui, sculpteur à Paris, s'honorait de prolonger le métier des tailleurs de pierre bâtisseurs des cathédrales, et aussi de cette église de Calais qui poussait dans le ciel, parmi les mâts des navires, la pointe de son clocher. En chemin, il avait fait un détour pour en admirer le porche poudré de neige. M. Dewavrin remarqua que c'étaient les Anglais qui l'avaient construite, après avoir annexé la ville. Ils rirent ensemble.

Rodin était rentré songeur à Paris. L'accueil réservé par le comité à sa maquette, le soutien cordial du maire, tout ce qui l'avait réjoui sur le moment s'était dissipé le lendemain. Au matin du retour, en traversant les rues de Calais, son humeur était chagrine. La gadoue clapotait sous ses semelles, un vent mouillé, pénétrant, balayait les rues. Omer Dewavrin l'avait raccompagné jusque sur le quai de la gare. Dès que la haute et large silhouette eut disparu, une tristesse angoissée envahit Rodin. Le train coupait la campagne noire d'humidité, longeait puis franchissait des routes et chemins frangés de restes de neige, des rivières aux reflets de métal. Le monde avait la couleur de son désarroi.

Il souffrait du trop-plein de louanges qui avait accueilli son projet, de l'unanimité approbatrice des Calaisiens. Il était anormal qu'il n'eût rencontré aucune résistance. C'était la première fois que cela lui arrivait. Ses soutiens avaient toujours été des francs-tireurs du milieu artistique, des écrivains d'avant-garde comme Mirbeau, des esthètes, des originaux, parfois influents, toujours isolés, de sorte qu'il mesurait aussi la force de ses œuvres à l'hostilité, à l'incompréhension, aux moqueries dont elles avaient été la cible. Compter parmi ses détracteurs les représentants des autorités, des académies et autres institutions officielles ne faisait pas ses affaires, mais le rassurait sur l'originalité de son art, sa nouveauté. Rien de grand ne s'était jamais élevé sans créer la surprise. Le succès de cette maquette auprès de ces braves gens la rendait suspecte à ses yeux. Quelque chose clochait là-dedans. Ça n'allait pas, et c'était sa faute.

Satisfait d'avoir eu l'intuition du groupe, il s'était installé dans son idée : les faire tous les six, sur le même plan, en les liant par la corde qui les pendrait. La maturité, les premiers succès auraient-ils affadi son style ? Serait-il devenu paresseux, trop sûr de la singularité de sa manière ? Il persistait à penser que son idée était bonne, novatrice, mais, désireux d'obtenir la commande, il avait retenu son geste. Il aurait pu, il aurait dû le pousser plus avant, plus loin. Ce qu'il avait proposé tenait bien l'espace, mais il y avait dans l'histoire des Bourgeois une force d'émotion qui n'était pas rendue. Une ligne de Froissart contenait plus d'humaine douleur que tout le plâtre jusqu'à présent gâché. Le bras levé d'Eustache de Saint-Pierre montrant le camp du roi d'Angleterre aux pieds duquel ils déposeraient leurs existences, c'était encore trop d'emphase. Il n'avait pas respecté le principe d'égalité des otages devant le sacrifice. Eustache était comme les autres. Ensemble ils marchaient vers les Anglais, mais chacun avait rendez-vous avec sa propre mort. La grande égalité était là.

Pas de geste héroïque. Les jambes porteraient virilement les corps, les mains diraient la déploration des âmes. Il allait réviser sa trop séduisante ébauche, la reprendre et chercher encore, corriger, essayer à nouveau, ajuster… travailler. La prochaine fois, il ferait pleurer les Calaisiens, il les ferait crier. Il leur arracherait le cœur.

La trop douce et amère satisfaction d'un triomphe de sous-préfecture se dissipait en même temps que s'éveillait son désir, le démon de l'inédit, du neuf, du vierge, du jamais vu. Il avait hâte d'arriver, de retourner dans sa caverne du Dépôt des marbres, sous la verrière. Enfoncé dans le fauteuil de son compartiment, son corps lui semblait lourd d'une force inemployée. Ses doigts dans ses poches étaient nerveux, fébriles, son estomac se creusait. Un vertige l'aspirait, le besoin du travail et la puissance de l'inconnu.

Dans la hottée des compliments nombreux, semblables, qu'il ramenait à Paris, les paroles prononcées par Mme Dewavrin au cours du dîner, dans la maison enveloppée par le froid et la neige, résistaient au désenchantement. L'approbation exprimée en termes simples et résolus par cette femme, il en avait l'intuition, valait promesse d'accomplissement : quoi qu'il proposât désormais, il aurait son appui et par conséquent celui de son mari. En reconnaissant dans sa bouche des propos tenus par le maire, il avait eu le sentiment d'être remonté à la source. On devinait chez Léontine Dewavrin, sous les politesses de province, derrière une instruction limitée à ce que devaient savoir les jeunes filles de son milieu, le goût du plein air et du monde vivant. La manière dont elle avait décrit le poisson servi sur la table, tel qu'elle l'avait vu sur un étal du port, avait charmé son invité. Elle savait regarder. Cela ne s'apprenait pas, ne se travaillait pas, était donné à certains êtres, au hasard. Rodin en était persuadé, il avait reconnu peu à peu ce pouvoir en lui.

Trois jours après son déplacement, le sculpteur recevait rue de Bourgogne un télégramme l'informant que le conseil municipal de Calais avait ratifié la décision du comité. À M. Auguste Rodin était confiée la création d'un monument aux Bourgeois de Calais pour un coût total de quinze mille francs.

La Porte de l'Enfer attendrait. Dans la grisaille de cette fin d'hiver parisien, le sculpteur pétrissait ses *Bourgeois.* Il avait dressé face à leur destin ce groupe de notables du Moyen Âge, il allait maintenant donner une existence singulière à six hommes du passé, une vie à chacun de ces hommes sans portrait. Le chroniqueur n'en disait presque rien. Ils étaient de riches marchands et propriétaires, l'un avait deux filles, voilà tout. Il se débrouillerait avec cela et déduirait leurs visages de la légende. Son imagination tirerait leurs corps du néant, de l'oubli à la surface duquel flottaient des patronymes anciens, quelques syllabes sur de l'eau noire. Ils reviendraient nus du monde des morts, il les vêtirait à grands plis de chemises de bronze.

Une de ses fréquentations parisiennes, Jean-Charles Cazin, peintre du même âge que lui, originaire du Boulonnais, accepta de servir de modèle pour la tête d'Eustache de Saint-Pierre. Rodin espérait attraper le type humain façonné par le climat venteux et pluvieux, la terre ingrate et tourmentée de ce coin de France. Cazin avait un grand nez effilé, une face desséchée, des tempes et des joues creuses, la barbe rude. Ces traits convenaient à l'idée que Rodin se faisait du premier des Bourgeois, au nom d'apôtre. Un homme austère, très pieux, un érudit, exégète des écritures saintes, gestionnaire avisé de sa fortune et premier donateur pour les œuvres charitables de l'Église, un citoyen intègre, réputé pour son sens de la justice et pour ces raisons arbitre reconnu des conflits locaux. Des six, il était le plus âgé. Rodin exagéra ses rides, accentua sa maigreur et courba sa tête habituée à la lecture. Le vieillard renonçait aux jours qui lui restaient à vivre, aux livres encore à lire ; ce n'était pas moins difficile que pour les autres. Plusieurs séances de pose eurent lieu.

Ayant eu vent du projet, Alexandre Coquelin, sociétaire de la Comédie-Française, avait argué de sa naissance à Boulogne pour offrir lui aussi son apparence au sculpteur. Rodin l'avait reçu. C'était un bel homme sympathique, grande bouche rieuse et narines retroussées. Il fit des croquis du visage du comédien pour le remercier de son intérêt et de s'être déplacé, puis les rangea quelque part. Ce nez en trompette qui devait faire merveille chez Labiche, il ne l'imaginait pas dans la scène d'un drame dont le mouvement et les gestes restaient à trouver, incertitude qui le tourmentait. D'autres Parisiens de la Flandre française se proposèrent. Être statufié par le sculpteur à la mode et incarner le courage civil, cela valait bien les déplacements et quelques incommodes heures de pose… Rodin avait décliné. Il n'en était plus là.

L'imagination de Rodin avait fait son œuvre. Dans les pas d'Eustache, il voyait Jean d'Aire, le plus puissant armateur de Calais. Premier embarquement à douze ans, à vingt il possédait un bateau, à trente, une flottille qui courait des côtes de Galice à celles du Jutland. Grand, des muscles durs, le verbe rare, un meneur d'hommes. Veuf, il avait deux filles aimées tendrement. Il avait combattu les Anglais. Les deux frères de Wissant étaient plus jeunes, des fils de famille amateurs de soirées arrosées à la bière et au genièvre, coureurs de filles, qui s'étaient laissés vivre jusqu'au début de la guerre. Ils s'étaient révélés pendant le siège en participant à la défense de la ville. Andrieu d'Andres et Jean de Fiennes demeuraient flous. Rodin attendait, confiant, que le temps les dessinât en lui.

À la mi-février, Omer Dewavrin avait prétexté un voyage à Paris pour faire un saut au Dépôt des marbres. Dans l'atelier venteux, éclairé par un franc soleil d'hiver, le modèle nu juché sur l'estrade était cette fois un grand échalas barbu, cheveux longs, corps noueux de paysan des terres pauvres et tête de Christ espagnol. Il était italien, berger des Abruzzes et frère aîné d'Angèle, la belle femme d'octobre, avait dit Rodin, de la glaise sous les ongles, en accueillant le maire.

Il y avait ce jour-là plusieurs artisans s'affairant sous la direction du maître, parmi eux une jeune fille vêtue de la même ample blouse que ses collègues. Elle travaillait dans son coin un pied masculin et n'avait levé les yeux sur le visiteur que lorsque Rodin s'était approché pour faire les présentations. Son regard bleu foncé était direct et sérieux. D'un doigt, elle écarta de son front une mèche châtain. Sa chevelure, retenue sur la nuque par un ruban noir, était poudrée de plâtre. Elle s'appelait Camille Claudel. Un sourire bref et sans chaleur, elle repencha sa jolie tête appliquée vers la pièce anatomique. Il s'agissait d'une réduction du modèle original, mais les détails en étaient si saisissants qu'Omer Dewavrin en fut un peu écœuré, comme devant le résultat d'une amputation.

Rodin affirma à Omer Dewavrin, qui n'était plus maire de Calais, mais toujours membre du conseil municipal et président du comité, que la seconde maquette serait prête au début de l'été. Elle pourrait lui être présentée à sa convenance, ainsi qu'à son successeur. Les personnages seraient plus développés, leurs gestes affirmés, leurs physionomies expressives. Réalisé au tiers des proportions du monument définitif, chacun des Bourgeois mesurerait à peu près soixante-dix centimètres, la taille d'un enfant. Paume ouverte, le sculpteur indiqua une hauteur par rapport au sol. Il leur donnait priorité sur les autres commandes, nombreuses, qui ne cessaient de lui être adressées. Ses assistants s'en chargeaient selon ses instructions. Lui s'était libéré afin de vouer le plus clair de son temps à la conception et au modelage des six Bourgeois. La jeune fille l'aidait, il la formait en même temps. Mlle Claudel était la plus douée des apprentis qu'il ait jamais eus. Lui-même à vingt ans, son âge, n'était pas plus fort. En disant cela, il la regarda. Elle le sentit, se retourna vers les deux hommes. Ses yeux trouvèrent aussitôt ceux du sculpteur. Omer Dewavrin eut l'impression que la barbe de Rodin frémissait. À l'éclat soudain de ses yeux pâles, le notaire avait compris.

À midi, Rodin fit tomber ses savates, chaussa des bottines cirées, échangea son treillis contre un manteau à col de velours. Ses gants étaient dans sa poche, sa canne à la saignée du coude. Il ajusta son chapeau face au miroir pendu près du vestiaire, prit par le bras son visiteur et l'entraîna dans la cour pavée où le gel et le sarcloir du concierge avaient fait disparaître les herbes. Dans l'un des hangars, porte ouverte, des employés manipulaient une statue. Omer Dewavrin reconnut Napoléon III. Toute la famille impériale se trouvait là reléguée, en buste, en pied, en tenue de ville ou d'apparat, stockée à l'abri des intempéries et des mauvais coups. L'exil des marbres. Les figures étaient de la main de Jean-Baptiste Carpeaux mort dix ans plus tôt. Rodin, qui l'admirait, allait en voisin, de temps à autre, visiter les bannis pour caresser la froide perfection d'un front, d'une épaule, d'une gorge. Il effleurait la main du maître qui les avait créés.

Deux couverts leur étaient réservés de l'autre côté de la Seine, dans un café d'une classe supérieure à celui de la fois précédente : comptoir en étain et guéridons de marbre, garçon à gilet noir et tablier blanc, clientèle de rentiers, de commerçants et de bureaucrates. On y voyait même un peu de couleurs, mauve, jaune, azur : des femmes en chapeau, bien mises, avec leur mari ou une relation. Par-dessus le fleuve qu'un soleil froid faisait étinceler, ils avaient traversé le pont de l'Alma, bavardant, avec des gestes. Deux amis contents d'aller se mettre à table.

Rodin, avant de partir déjeuner, avait tenu à faire un croquis de la tête de M. Dewavrin. Il avait pris carnet et crayon dans sa poche et couvert une feuille de courbes longues et rapides et de traits brefs, puis une deuxième après avoir fait un pas de côté. Pendant le repas, en mangeant, il scrutait son vis-à-vis. Au dessert, il lui dit qu'il ferait son buste et lui demanda de revenir le lendemain pour une séance de pose.

Le sculpteur l'avait installé sur le tabouret de l'estrade. Elle avait porté tant de nudités que le notaire en était gêné, et en même temps assez content. Il ne s'agissait pas de donner sa tête à un des Bourgeois – ce qui aurait été embarrassant pour l'ancien maire – mais, à titre privé, d'en fixer l'aspect pour lui-même, et sa femme, en remerciement.

D'une grosse boule d'argile, en une heure, l'artiste avait fait une tête d'homme. À la tombée de la nuit, cette tête était, trait pour trait, de la pointe du col à une boucle indocile qu'il avait dans sa courte chevelure, au-dessus de la tempe gauche, celle d'Omer Dewavrin, ancien maire, officier ministériel, président du comité pour l'érection du monument aux Bourgeois de Calais. Rodin demanda à son modèle, avant qu'il ne partît, de lui envoyer des portraits photographiques, des aide-mémoire pour les retouches. Le buste serait fondu avant l'été.

La tête d'Omer Dewavrin était sur l'appui de la cheminée. Les rayons qui rasaient la mer, la plage, la promenade, traversaient le salon pour dorer son profil gauche. Mme Dewavrin l'avait posée là après son déballage, ce dernier jour de juillet 1885, en attendant de lui trouver sa juste place dans les pièces de réception, le jardin d'hiver ou peut-être la salle à manger. Rodin avait expédié à l'avance le buste depuis Paris avec la deuxième maquette des *Bourgeois*, puis, par le train, avait lui-même transporté les sept kilos et demi du buste en bronze, de Calais jusqu'à la villégiature de ses hôtes où il venait de leur en faire don.

Léontine aimait son mari, mais, même à vingt ans, elle n'aurait osé prétendre que son visage était séduisant. De la force, de l'énergie, de l'autorité, de la franchise, tant qu'on voudrait, et même de la bonté, mais de la beauté… Or, pour la première fois, en buvant la coupe de champagne qui fêtait le buste flambant neuf et son auteur, elle le trouvait beau, vraiment beau. La chair richement nourrie qui empâtait le cou, le menton et les joues, le nez busqué, les arcades sourcilières prononcées, la moustache gauloise, tout ce qui était la rude apparence d'Omer était anobli par le dur et vif éclat du métal. L'homme qu'elle avait épousé avait sur les épaules une tête de seigneur. Grâce à ces quinze livres de métal, la tête d'un homme, et le nom qui lui était attaché, le sien depuis son mariage, celui transmis à ses enfants, survivraient au siècle. Le visage de son mari durerait plus que la maison qui le contenait, plus que toutes celles alignées derrière les dunes, plus que la digue qui avançait sa pointe dans la mer. Sur l'encolure de la veste était gravé « A. Rodin », un viatique avec lequel Omer Dewavrin commençait son voyage dans l'avenir.

Pour l'instant, Léontine enrageait de la réaction des élus et des membres du comité à la présentation de la deuxième maquette dans l'hôtel de ville de Calais, la veille. Ils n'avaient pas aimé, pas compris la réinterprétation du motif initial par le sculpteur parisien, les modifications apportées à l'esquisse approuvée en janvier. Assise derrière les officiels, elle avait deviné à une certaine dépression du silence que les nouveaux personnages de plâtre exposés dans la grande salle de l'hôtel de ville déplaisaient. Les discours n'avaient rien arrangé. Elle avait vu les dos se raidir, les jambes se replier sous les chaises, les pieds se croiser, les bras se fermer sur les poitrines. L'auditoire s'était cuirassé ; pas plus que celles de son mari, les phrases du sculpteur cette fois n'y pénétraient. Les moins réservés s'étaient penchés vers leurs voisins pour partager leurs interrogations, leurs déceptions et s'encourager à les dire.

Dans la salle, les critiques avaient été exprimées avec modération. Dans les couloirs, avant la dispersion, on n'avait pas ménagé les mots. Les attitudes des six Bourgeois étaient jugées trop consternées, trop désespérées, trop misérables, pas assez fières, pas assez altières, pas assez héroïques en somme. Il n'était pas possible de donner en exemple des gens dont l'affaissement devant le destin n'inspirait que la commisération. C'était trop d'échines ployées, de têtes courbées, de visages ravagés par l'angoisse. On avait même cru voir des larmes sur les joues d'un des otages. Où étaient le courage, l'abnégation des Bourgeois, le sublime du sacrifice exalté par la première esquisse ? Pourquoi Rodin avait-il supprimé le geste du bras par lequel Eustache de Saint-Pierre montrait à ses compagnons le camp des Anglais et les invitait à le suivre sur le chemin de l'honneur ? Son allure énergique, volontaire, équilibrait l'accablement des autres. Désormais, les membres ballants, ils ressemblaient à des vieillards égarés tournant dans la cour d'un hospice.

Omer Dewavrin s'efforçait d'apaiser sa femme en réduisant la portée des objections faites à la deuxième maquette, mais s'y prenait mal. Il était troublé. Son discours introductif était tombé à plat. Échouant à rallier les suffrages autour de la nouvelle proposition de Rodin, il craignait d'avoir indisposé ses collègues par un éloge excessif du sculpteur. La situation était préoccupante.

Considérant la quasi-unanimité des avis négatifs, le principe même du monument se trouvait compromis. Tant d'efforts depuis un an s'étaient perdus dans le marais de cette morne assemblée, mécontente de l'avant-projet, de son promoteur, de son auteur, mécontente surtout d'elle-même tant elle souhaitait s'émerveiller en se félicitant d'avoir si bien choisi son sculpteur.

Ces gens n'avaient pas mauvais esprit, plaidait l'ancien maire, mais la deuxième mouture du projet était trop audacieuse pour eux. Elle avait outrepassé leurs repères, leurs notions du beau et de la grandeur. Ces nouveaux *Bourgeois* déboulaient chez eux en étrangers, gens venus d'un pays lointain qu'ils n'auraient su situer sur aucune carte. Cela les inquiétait, et les faisait reculer en eux-mêmes dans le fort de leurs certitudes. Si, comme lui, Omer Dewavrin, ils avaient vu l'artiste dans son atelier, entouré de ses réalisations, de ses ébauches, s'ils avaient assisté à une séance de travail, vu sa façon de pétrir la matière, de l'étreindre, leurs yeux se seraient ouverts. Ce qui l'attristait le plus, c'est que certains de ses amis soupçonnaient le Parisien d'avoir essayé d'épater la galerie, de snober les provinciaux. Ils méconnaissaient cet homme. Omer Dewavrin avait essayé d'expliquer l'originalité instinctive, irrésistible d'un grand artiste, il avait échoué. Les mots lui avaient manqué.

Vingt-quatre heures après la déconvenue, l'irritation de Léontine contre les membres du comité et les élus de Calais restait vive. Elle non plus ne comprenait pas ce que signifiaient les gestes des personnages présentés la veille par Rodin : celui-ci, les bras étirés vers le sol, comme si la clé dans ses mains pesait cent livres, cet autre, le bras comme un point d'interrogation, et celui qui avait le plus choqué, la tête serrée entre les doigts, le corps en déséquilibre, au bord de l'abîme, pris d'on ne savait quel vertige… Mais c'était parce qu'ils avaient essayé de comprendre sur-le-champ, de raisonner sur ce que leurs yeux leur montraient, qu'ils avaient cherché le sens de l'œuvre avant de la laisser agir sur eux, qu'ils passaient à côté. Il fallait s'abandonner, se laisser charmer par l'harmonie du groupe, son mouvement, cette chanson de gestes. Elle avait entendu l'un des assistants railler à voix basse cette « danse de Saint-Guy ». Sa méchante moquerie était tout près d'une vérité. Oui, si on regardait vraiment, si on laissait ses yeux se rassasier de ce qui était devant eux, la vie était là : un désordre et une harmonie.

Elle ne l'avait pas exactement formulé ainsi, mais c'était ce qu'elle voulait dire. Elle ne se souvenait plus de tout ce qu'elle avait admiré dans la maquette restée à Calais, mais l'effet demeurait, accru peut-être. Elle se souvenait de gens qui se battaient contre leur angoisse et s'efforçaient de la dominer. Les *Bourgeois* étaient comme des danseurs, des corps mus par la force des âmes, qui frémissaient devant la mort. Rodin avait souri et hoché la tête. Ses amis écrivains n'auraient pas mieux dit. Ils passèrent à table.

Son pelage trempé pareil à des écailles, le chien courait le long de la plage découverte par le jusant. L'eau des flaques jaillissait sous ses pattes. Rodin reprit le bout de bois dans la gueule de l'épagneul et le relança de toute la force de son bras et de ses reins. Plus que la marche et l'air libre, la joie confiante, joueuse de l'animal le détendait. Le repas avait duré. À cette heure de l'après-midi, la chaleur était moins forte, la brise s'était levée comme le soleil baissait sur l'horizon. Il n'y avait plus que les amateurs de bains de mer et de solitude, et quelques obstinés ramasseurs de coquillages venus de la ville. Omer et Léontine Dewavrin marchaient à côté du sculpteur qui ne disait rien, sauf les exclamations pour encourager son compagnon de jeu. Le sculpteur aimait les chiens, il ne pouvait en avoir dans son petit appartement parisien. Dès qu'il aurait les moyens d'emménager dans quelque chose de plus grand, avec un jardin, il en aurait au moins un, plusieurs si possible.

Les mouettes dérivaient avec la marée descendante. Contre le vent soufflant de terre, leurs cris parvenaient éparpillés, assourdis. Quelques voiles et la salissure vaporeuse d'un steamer séparaient le ciel de la mer. Le couple bavardait tout en observant l'artiste devenu leur ami, et celui de l'épagneul. Les deux aînés de la famille se poursuivaient entre les cabines de bain. Au bout de la plage s'élevait une falaise rougeâtre, débordée au loin par l'avancée du cap Gris-Nez, comme un coin enfoncé entre la Manche et la mer du Nord.

Rodin caressait de la main gauche, glissée dans sa poche, un de ces petits morceaux de bois que, après les avoir longuement frottés, la mer dépose au rivage, avec les algues et les morceaux de coke. Celui-ci, il ne l'avait pas propulsé dans l'air pour faire bondir le chien. Il appréciait son velouté, sa légèreté, sa résistance, sa forme adaptée à la paume, comme une poignée de canne ou une grosse pipe patiemment tournées et polies par l'usage. Il aspirait l'oxygène à pleins poumons, plissait ses yeux de myope pour mieux voir les villégiatures tarabiscotées alignées derrière la digue. Le sable humide, élastique et ferme sous les semelles, était frais, à peine juteux. Les Dewavrin respectaient le silence de leur invité, si loquace tout à l'heure, à table. Il semblait avoir bien supporté la douche froide de la veille. Leurs ombres s'allongeaient vers les dunes lorsqu'ils retournèrent à « L'Éventée ».

Rodin avait reparlé de la réunion après le dîner, dans le salon. Par les fenêtres entraient la brise encore tiède et, avec un bruit léger, frémissant, l'odeur de la marée montante. Il était moins déçu que ses hôtes de la réaction du comité et de la municipalité. La critique l'avait souvent démoli. Bornée, injuste, parfois injurieuse, elle lui avait fait le cuir épais. Le sculpteur assurait qu'il n'était pas d'exemple d'une nouveauté dans l'art qui ne rencontrât l'incompréhension de la majorité. C'était un phénomène aussi naturel que la pluie, et ne faisait pas plus de mal à celui qui croyait en son talent et pouvait compter sur quelques amis. Ses *Bourgeois* étaient réussis, il en était certain et n'envisageait pas de bouleverser sa maquette. Des améliorations pouvaient être envisagées, des modifications mineures qui ne remettraient pas en cause l'aspect général de l'œuvre, mais permettraient de corriger quelques petits déséquilibres. Ils lui étaient apparus à Calais. La lumière n'était pas la même qu'à Paris. La clarté du jour sur les choses, l'éclairage du lieu, cela comptait beaucoup. Longtemps couvée dans l'atelier, l'œuvre livrée aux regards s'épanouissait. Elle commençait à sentir le plein air. Elle vivait.

M. Dewavrin, qui jusqu'à présent n'avait pas désavoué ses amis, regretta leurs jugements sommaires, exprimés dans la précipitation, et plaida leur bonne foi. Le temps et la réflexion renverseraient la tendance, à condition d'éviter toute maladresse. Il engagea le sculpteur à réfléchir et ne pas rejeter en bloc l'opinion locale, au risque de l'humilier et de la braquer. Il se chargeait de faire évoluer les esprits en démontrant que, pour servir le renom de la ville, le monument devait impressionner par son originalité et son audace. C'était ce qui leur était proposé. Il fallait aux Calaisiens, gens prudents, réfléchis, un certain délai pour l'admettre. Cela viendrait s'ils avaient le sentiment que l'auteur prenait en considération quelques-unes de leurs remarques. On pouvait se rejoindre, on devait se rejoindre. Le sculpteur promit d'y songer.

Il n'en ferait qu'à sa tête, Omer Dewavrin en était persuadé. L'affaire était compromise. Le sculpteur allait s'obstiner, les membres du comité, se buter. Cela faisait cinquante ans qu'on essayait d'élever un monument aux Bourgeois de Calais, cette nouvelle tentative n'irait pas plus loin que les précédentes. La nuit montait du jardin. Mme Dewavrin ferma les fenêtres, alluma une lampe. Rodin regardait le fond de son verre de cognac, l'air absent. Il l'avala d'un coup.

Le lendemain, avant de reprendre le train de Paris en gare de Calais, Rodin avait accompagné le notaire à son étude pour y prendre connaissance des réactions de la presse locale à la présentation de l'avant-veille. Comme les participants à la réunion, sans surprise, elle reprochait à la nouvelle maquette de donner une interprétation déprimée d'un geste héroïque, et de ne pas traduire selon les canons de la forme pyramidale sa dimension glorieuse et son caractère exemplaire. Il y avait dans l'article du *Patriote de Calais* deux mots qui échauffèrent Rodin au point qu'on entendit sa voix s'enfler et gronder jusque dans la salle d'attente. Il n'aurait pas respecté « l'École » et ses « lois ». Il prit à témoin Omer Dewavrin que jamais on ne lui imposerait quoi que ce fût dans la manière de concevoir le groupe. « Les lois de l'École » n'engendraient que des perfections serviles et glacées, la mort. Il désirait, lui, l'imperfection de la vie, le mouvement dans les formes, le tremblé dans les lignes. C'est pour cela qu'il faisait poser ses modèles le moins possible, mais leur demandait de se déplacer nus dans l'atelier, à leur guise, sans lui prêter attention. Il voulait que les muscles fussent mobiles sous la peau, avec des plis changeants. Le corps en action disait sa vérité. Il voulait les ombres qui tournent avec le soleil, et, puisque le fini est le contraire de l'infini, il voulait l'inachevé. Il ne ferait pas autre chose.

En revenant de la gare, Omer Dewavrin se disait que cet homme décidément lui plaisait, mais qu'on n'était pas près d'inaugurer le groupe des *Bourgeois de Calais*. L'intransigeance de l'artiste l'inquiétait pourtant moins qu'une chronique publiée par le journal socialiste local. Se fondant sur un mémoire bien documenté de 1766 d'un nommé Louis-Georges de Bréquigny, elle révélait qu'Eustache de Saint-Pierre, la capitulation accomplie, s'en était très bien sorti. Calais vidée de sa population française, repeuplée par des sujets de la Couronne anglaise, ses biens lui avaient été restitués par le roi d'Angleterre avec dédommagement. Son existence se serait achevée à Londres. L'auteur concluait en affirmant que les bourgeois n'avaient pris aucun risque en allant remettre les clés de la ville au roi d'Angleterre. La chemise, la corde au cou et les pieds nus étaient la panoplie ordinaire d'un antique rituel de soumission couramment pratiqué au Moyen Âge. Il ne coûtait à ses exécutants que l'humiliation d'une posture misérable. Elle était largement compensée par la reconnaissance de leurs concitoyens, car, prise d'assaut, la ville aurait été mise à sac et ses habitants abandonnés à la soldatesque. Les Bourgeois de Calais n'étaient pas des héros, mais des échevins assumant sans frais excessifs les devoirs de leur charge.

Le principe même du monument était anéanti. Omer Dewavrin ne voyait pas comment se remettre d'un coup pareil. De ses efforts pour doter sa ville d'une œuvre remarquable et célébrer ses gloires, ne resteraient que l'amitié d'Auguste Rodin et le buste qu'il leur avait offert.

Quelques jours après, Léontine recevait un paquet accompagné d'une carte l'invitant à déballer l'objet avec précaution. C'était une petite terre cuite représentant un chien, leur chien avec lequel Auguste Rodin avait joué sur la plage de Wimereux à la fin du mois de juillet 1885.

« Il ne restait plus aux gens de Calais qu'à se donner à l'ennemi, s'il voulait bien d'eux. Mais les Anglais les haïssaient mortellement, comme marins, comme corsaires…

Il était assez probable que le roi d'Angleterre, qui s'était tant ennuyé devant Calais, qui y était resté un an, qui, en une seule campagne, avait dépensé la somme, énorme alors, de près de dix millions de notre monnaie, se donnerait la satisfaction de passer les habitants au fil de l'épée ; en quoi certainement il eût fait plaisir aux marchands anglais. Mais les chevaliers d'Édouard lui dirent nettement que s'il traitait ainsi les assiégés, ses gens n'oseraient plus s'enfermer dans les places, qu'ils auraient peur des représailles. Il céda et voulut bien recevoir la ville à merci, pourvu que quelques-uns des principaux bourgeois vinssent, selon l'usage, lui présenter les clefs, tête nue, pieds nus, la corde au col.

Il y avait danger pour les premiers qui paraîtraient devant le roi. Mais ces populations des côtes, qui, tous les jours, bravent la colère de l'océan, n'ont pas peur de celle d'un homme. Il se trouva sur-le-champ, dans cette petite ville dépeuplée par la famine, six hommes de bonne volonté pour sauver les autres. Il s'en présente tous les jours autant et davantage dans les mauvais temps, pour sauver un vaisseau en danger. Cette grande action, j'en suis sûr, se fit tout simplement, et non piteusement, avec larmes et long discours, comme l'imagine le chapelain Froissart.

Il fallut pourtant les prières de la reine et des chevaliers, pour empêcher Édouard de faire pendre ces braves gens. On lui fit comprendre sans doute que ces gens-là s'étaient battus pour leur ville et leur commerce plutôt que pour le roi ou le royaume. Il repeupla la ville d'Anglais, mais il admit parmi eux plusieurs Calaisiens, qui se tournèrent Anglais, entre autres Eustache de Saint-Pierre, le premier de ceux qui lui avaient rapporté les clefs. »

Omer Dewavrin, en tapotant du dos de la main la page qu'il venait de lire à haute voix, regardait son voisin carré sur la banquette. Rodin n'avait pas tout compris à cause du bruit. Il chaussa ses lunettes et prit le volume d'*Histoire de France* de Jules Michelet sur le guéridon. Comme le garçon passait à portée, le notaire lui commanda deux tasses supplémentaires et un trait de lait. C'était le coup de feu du matin au Café de la Paix. Se côtoyait sous la dorure des lustres et la crème des moulures une clientèle de voyageurs encombrés de bagages et d'hommes d'affaires aux parapluies gouttelant sur les tapis. Rodin avait revêtu une jaquette neuve qu'il s'efforçait de ne pas tacher en buvant. Son chapeau haut de forme était posé avec ses gants sur son manteau en travers de la banquette. Il tenait le livre près de son visage en levant ses lorgnons par intermittence pour en chasser la buée. Dehors, le palais Garnier régnait sur une cohue d'omnibus, de fiacres, de voitures de livraisons entre lesquels se faufilaient les piétons. Des élégantes découvraient leurs bottines en marchant vite sous le crachin. C'était pour le notaire une maigre compensation au temps pluvieux. Par quelle fatalité ne venait-il à Paris qu'à la mauvaise saison ?

Rodin fit claquer le livre en le refermant. On pouvait toujours compter sur Michelet ! Les choses étaient limpides. Les révélations claironnées des érudits locaux sur l'imposture des Bourgeois de Calais n'en étaient pas. Michelet, directeur des archives de France, avait rappelé bien avant eux la nature traditionnelle du rituel de la reddition, la soumission et le simulacre de sacrifice offert par le vaincu à la magnanimité du vainqueur. Historien scrupuleux et de bon sens, il avait situé le geste des six Bourgeois dans son contexte, celui de la lutte à mort entre marins calaisiens et marchands anglais, celui d'un siège interminable, coûteux et pénible pour le roi d'Angleterre. En décapant la couche de pathos dont Froissart avait épaissi l'événement, il avait mis en évidence le simple courage de notables fortunés se proposant d'affronter corde au cou la colère d'un souverain peu porté à l'indulgence.

Il y avait en toute tradition une vérité essentielle, pour la voir il valait mieux ne pas cracher dessus. Eustache serait ensuite devenu sujet d'Édouard III… Ce n'était pas certain. Et quand bien même… un siècle avant Jeanne d'Arc, la France sortait des limbes. On ne pouvait faire grief au notable calaisien de n'avoir pas étendu son patriotisme de clocher à un pays qui n'était pas encore tout à fait le sien. Sur l'honneur, en revanche, rien à redire. Le monument était d'autant plus nécessaire qu'on prétendait arracher de la mémoire collective le patrimoine moral qu'y avait inscrit le dévouement des six Bourgeois.

Les deux hommes s'exaltaient en commentant les pages de l'historien républicain. Surtout Rodin que sa jeunesse pauvre et besogneuse avait pourvu d'une énorme provision de colère. Ils allaient voir ! Le sculpteur donna du poing sur le marbre de la table. Le notaire ajouta que le nouveau maire, Van Grutten, tout en réservant son appréciation sur l'œuvre elle-même, et en dépit de quelques activistes à l'extrême gauche, s'était prononcé pour la réalisation d'un monument en hommage aux six Bourgeois. L'officier républicain et anticlérical avait fait sien le projet des notables. C'était maintenant « un geste immortalisant le patriotisme du peuple de Calais ». Avec élégance, il venait de confirmer Dewavrin à la présidence du comité, ce qui ne lui coûtait guère et laissait les délices de la paperasse à son prédécesseur et ancien adversaire. On pouvait désormais compter sur lui. Rodin confirma que Van Grutten lui avait écrit pour le prévenir de sa prochaine visite dans son atelier. Il était trop tôt pour commander une coupe de champagne. Ils burent le café qui n'avait pas versé dans les soucoupes.

Deux rendez-vous avaient été pris par Rodin avec des autorités susceptibles de favoriser le financement du monument. D'abord à l'hôtel de ville où les attendait Frédéric Hattat, conseiller municipal, membre de la commission administrative des Beaux-Arts de Paris, ensuite rue de Valois, chez le sous-secrétaire d'État aux Beaux-Arts, Edmond Turquet. À l'ancien maire qui lui demandait à quels partis appartenaient les deux politiciens le sculpteur répondit qu'il n'en savait rien. Ils étaient influents, n'avaient pas peur de la nouveauté en art, aimaient son travail et le soutenaient depuis plusieurs années. Cela lui suffisait, le reste ne l'intéressait pas.

L'amitié et l'admiration n'avaient jamais retenu Omer Dewavrin de mettre en doute l'étendue de l'entregent du sculpteur. Les escaliers à ferronnerie ouvragée, le tapis rouge et les huissiers à chaîne ne l'avaient pas impressionné, mais il se sentit très provincial quand il vit Rodin le présenter à ses relations. À chaque fois elles s'étaient levées pour contourner leurs bureaux et les accueillir, leur serrer vigoureusement la main, comme des intimes. C'était la première fois que l'ancien maire était reçu dans les locaux de la haute administration parisienne. Le port de Calais dont il avait lancé la modernisation était d'intérêt stratégique pour l'économie nationale ; c'était pourtant aux statues d'hommes morts depuis cinq siècles qu'il devait cet avantage. Rodin et les deux personnalités encensaient leur conversation de « cher ami », « mon cher », et l'on était si courtois avec l'élu de Calais, si attentif au moindre de ses propos, qu'Omer Dewavrin se sentait lui-même enveloppé par la complicité amicale de l'artiste et de ses protecteurs. Frédéric Hattat les avait invités à admirer un petit Delacroix qui venait d'entrer dans sa collection. Il le gardait face à son bureau pour en jouir plus souvent et semblait tenir autant à l'avis du notaire qu'à celui du sculpteur. Raccompagnés jusque dans le couloir, ils avaient quitté les deux administrations avec des assurances de soutien financier, « dans la limite des crédits disponibles ». Le notaire se répétait les termes des félicitations chaleureuses que les hauts fonctionnaires lui avaient prodiguées : « initiative judicieuse », « énergie remarquable », « ténacité admirable ».

Ils déjeunèrent dans une brasserie. En donnant plusieurs fois du « Maître » au sculpteur, le patron les avait conduits vers une des meilleures tables. M. Dewavrin regarda Rodin desserrer son gilet, glisser le bout de sa serviette entre deux boutons et en étaler les pans sous l'éventail de sa barbe, tout cela en consultant le menu. Ses ongles étaient taillés, luisants. Dans ses cheveux toujours coiffés en brosse, plus longs maintenant, des mèches restaient blondes. Personne n'aurait pu deviner que le monsieur bien mis, au visage charnu, le ventre près des cuisses, était un sculpteur, un artiste. Avec un peu d'attention on aurait peut-être remarqué ses grosses mains peupler la nappe d'un bestiaire lilliputien en mie de pain.

Au Dépôt des marbres, le notaire revit la deuxième maquette de retour de Calais après la présentation de juillet. Destinée à servir de référent pour l'exécution des figures définitives, elle était dans un coin du hangar, à l'écart de ce qui paraissait le foyer de production de l'atelier. Les assistants s'activaient là en plus grand nombre que lors de sa dernière visite, un an plus tôt, au début de l'hiver 1884. Il reconnut, assise devant une sorte d'établi, la jeune fille toujours appelée Mlle Claudel par Rodin, ce qui ne trompait personne. Elle posa sur lui un regard bleu marine avant de le reporter sur l'objet que manipulaient ses doigts graissés par l'argile mouillée. Concentrée sur la tâche, sa pensée appliquait la même force que ses mains sur la matière. Ses lèvres serrées barraient d'un trait dur, étrangement sensuel le bas de son visage. Le maître n'était peut-être pas celui qu'on croyait.

Rodin tira de sa distraction son ami et le guida à travers le congrès des statues, cette agora pétrifiée qui l'émerveillait. Comme à chaque fois, l'auteur précisait, sans s'y arrêter, la nature et l'intitulé des réalisations les plus récentes. Enfin, ils furent devant l'effigie grandeur nature d'un homme nu, vieux, la peau sur les os, sans bras, les joues caves mangées de barbe. La jambe gauche avancée, il marchait à leur rencontre. À son dernier passage, il avait vu le berger des Abruzzes poser dans cette attitude. Le sculpteur saisit une toile de lin percée d'un trou au milieu et la jeta sur les épaules du vieillard. Elle le recouvrit jusqu'aux pieds. Le notaire reconnut Eustache de Saint-Pierre.

Tout en lissant du pouce une facette d'argile fraîche luisante, la jeune fille observait chaque geste de son amant. Omer Dewavrin, à côté de lui, ne retenait pas plus son regard qu'une vitre propre. Il n'eut pas le temps d'en éprouver le désagrément. Rodin déposa dans ses mains une tête de plâtre, coupée ras du cou, les yeux mi-clos sur un songe douloureux et la bouche pleine d'ombre. Jacques de Wissant.

Monsieur Dewavrin avait retiré sa cravate, son faux-col et son gilet sur le vapeur. Il ne les avait pas remis depuis leur arrivée à Talloires, pas plus que le complet-veston noir porté pendant le voyage. *La Couronne de Savoie* avait accosté sous l'orage, une faveur de la Providence pour vider le ciel de mai et le tendre le lendemain d'un bleu tenace, léger le matin, presque violet le soir. C'était la première fois depuis leurs noces, vingt ans déjà, que le couple quittait le bord de la Manche. Sur la route de l'Italie, Léontine avait voulu revoir le lac d'Annecy dont un séjour chez des cousins, vers l'âge de douze ans, lui avait laissé une impression profonde. Depuis, elle y pensait toujours, en parlait chaque été. Sur le pont du vapeur qui les transportait du quai Napoléon III du port d'Annecy vers la petite baie, derrière le Roc de Chère, elle avait tenté de superposer au paysage les images conservées dans sa mémoire, retrouver la maison au bord de l'eau, le ponton, les barques des pêcheurs, le grand saule. C'était à Saint-Jorioz, sur la rive droite, près des roseaux. Malgré l'aide du steward, son désir fut déçu. La roselière était moins étendue, les arbres avaient grandi, on construisait sur les marais. La propriété n'existait peut-être plus.

L'hôtel, une ancienne abbaye, était confortable, sans luxe. Les vues sur le lac et les sommets en tenaient lieu. Ce dépouillement filtrait une clientèle de rentiers lettrés, de marcheurs, de botanistes, d'artistes et d'Anglais. Le soir, quelques excentriques se glissaient nus dans le lac et dérivaient à la surface où le soleil avait tempéré tout le jour le froid des profondeurs. Les Dewavrin s'en tenaient aux activités sages : lecture, correspondance et courtes excursions par les chemins qui grimpaient à travers les bois de hêtres pour déboucher dans les herbages. Là, assis dans l'herbe, les deux Nordistes admiraient la montagne et la verroterie du lac sous le soleil.

Omer Dewavrin respirait. Il n'était plus notaire. Il avait cédé son étude à des conditions financières suffisantes pour assurer aux siens une vie confortable. Les trois dernières années avaient été éprouvantes. Calais, qui tirait des échanges avec la Grande-Bretagne et de son industrie l'essentiel de ses ressources, au printemps 1888 surmontait à peine la crise de la fin de l'année 1885. Les banques locales y avaient laissé des plumes et l'une des plus anciennes, propriété d'un ami de la famille, avait déposé le bilan. Une partie des fonds notariaux s'y trouvaient compromis. Il avait fallu indemniser les clients, ce dont le notaire s'était scrupuleusement acquitté, franc pour franc.

Il n'avait pu recouvrer la totalité de ses créances personnelles après liquidation.

De cette mauvaise passe, Omer Dewavrin était sorti éreinté. Soirées écourtées, nuits blanches, démarches humiliantes… il avait eu son compte, mais s'en souvenait sans amertume. L'épreuve avait été sa chance. En se crevant les yeux sur les colonnes de chiffres, les codicilles des contrats, il avait fait son propre bilan, s'était avoué ce qu'il savait et se dissimulait depuis le début. Entré dans le métier sans vocation, il en avait exercé les missions, consciencieusement, laborieusement, pendant des années. Dans sa jeunesse, il lui était arrivé de prendre plaisir à débrouiller des successions complexes, protéger les droits des modestes, des rêveurs, contre la rapacité des avides ; passé la cinquantaine, les contraintes de la charge lui étaient devenues un carcan que l'habitude, le savoir-faire et l'estime générale n'adoucissaient plus.

Quand il avait dû renoncer à son mandat de maire, sa vanité n'en avait pas été blessée. Il n'en avait guère et s'émerveillait que les honneurs pussent procurer à d'autres tant de plaisir. En revanche, la capacité d'agir sur sa ville lui manquait. Il s'entendait bien avec son successeur, mais lors des réunions du conseil municipal où il continuait de siéger, il lui était pénible de parcourir des documents insipides, débattre, contester ou entériner et d'être spectateur pour le reste. Il n'accompagnait plus les visites du chantier d'extension du port. Revoir les ingénieurs et entrepreneurs qui autrefois venaient auprès de lui prendre leurs ordres lui était désagréable. Le projet qu'il avait lancé était correctement conduit, mais, par mesure d'économie, on avait renoncé à un certain raffinement dans les constructions. Lui avait souhaité que la principale entrée sur le territoire national pour les voyageurs britanniques fût grande et belle, à la mesure de son idée de la France. Elle serait fonctionnelle. On l'inaugurerait l'an prochain, au printemps 1889, pour le centenaire de la Révolution.

Il n'avait pas protesté, pas même argumenté lorsque les ornements prévus pour les aménagements portuaires avaient été supprimés. Cela n'aurait servi à rien. Il avait réservé son ardeur et son crédit à la défense du monument aux Bourgeois de Calais. Quelques esprits prétendument soucieux de l'équilibre du budget s'étaient efforcés de le couler, mais Van Grutten avait maintenu l'engagement de la municipalité en invoquant l'esprit de la République, la gloire de la patrie et la réputation de Calais. La péroraison leur avait cloué le bec.

Sur le point de solder sa carrière, le notaire bientôt honoraire s'était rendu compte que le monument restait, après sa famille, la grande affaire de sa vie. Depuis quatre ans, il n'avait pas passé une journée sans qu'il n'eût d'une manière ou d'une autre travaillé à en faire aboutir le projet. Les mauvaises langues prétendaient que c'était au détriment de son métier. S'ils avaient su… C'était en caressant par l'imagination ces statues, en les voyant déjà allonger leurs ombres pathétiques sur une place de Calais, qu'il avait tout supporté, tracas administratifs, médiocres chicanes, casse-tête comptables et querelles politiques.

Léontine, elle, avait compris. Elle l'avait soutenu, encouragé et le projet était devenu le sien. Leurs liens s'étaient resserrés autour du rêve et dans l'action pour lui donner corps. Elle avait vu la compétence et l'autorité de son mari se mettre au service d'un artiste, il avait découvert chez sa femme une énergie qu'il croyait réservée à leur foyer. Leur union s'était nourrie de cette maquette de plâtre, cet embryon, cette promesse de chef-d'œuvre, leur enfant en quelque sorte, le plus fragile, mais qui les prolongerait au-delà de leurs quatre garçons.

Au plus fort de la tempête bancaire, quand il avait dû réserver son activité à sa charge notariale, c'est Léontine qui avait veillé à l'avancement du projet. Elle avait maintenu la relation avec le sculpteur par lettres pour l'informer des problèmes de financement, le faire patienter et le rassurer sur les moyens mis en œuvre pour lui envoyer de l'argent dès que possible. Elle ne savait rien des termes de la loi et de la finance, mais son ton direct et cordial – elle écrivait comme elle parlait – avait sur Rodin l'effet d'un tonique.

Son mari avait encore à l'esprit ce qu'elle écrivait à Rodin au plus fort de la crise : « *Comment avec votre génie et au moment de toucher au but vous allez vous laisser décourager par quelques difficultés d'argent… Allons donc !… Examinons ensemble comment sortir de cette impasse… tout cela n'est certainement pas gai… Mais enfin il ne faut pas se lais-*

ser tomber à plat pour cela : il faut au contraire relever la tête et faire face à cette guigne *pour la* vaincre. » Elle dirigeait la maisonnée avec la même énergie, la même générosité. La femme du notaire et le sculpteur s'entendaient bien, allaient de la même manière, du même pas, droit au but. M. Dewavrin n'était pas jaloux, il lui suffisait de repenser à l'atelier de la rue de l'Université, aux modèles prenant de drôles de poses sur l'estrade, aux seins, à la taille, à la croupe de l'Italienne et à l'impérieuse assistante aux yeux outremer.

Le vent sentait la menthe. À travers les sapinières, il coulait de la montagne en dispersant l'aigrelette sonnaille d'un troupeau invisible. Le soleil commençait de descendre sur le dos nu du Semnoz. La carte d'état-major sur les genoux, Léontine lisait le paysage. Elle nommait à voix haute les sommets, les villages enfoncés dans les vallées, les saints des chapelles assises sur des promontoires. Son index pointait tour à tour les reliefs ou les emplacements présumés des lieux-dits. Le monde s'animait, prenait forme humaine. M. Dewavrin mit sa main en visière. Il aurait aimé décrire le panorama à Rodin pour que leur correspondance s'entretienne d'autre chose que d'argent, de calendrier, de délais, de points de règlements et de réunions. Il craignait d'être ridicule. Les mots lui auraient manqué. Quand il rédigeait, les formules administratives, les sentences juridiques tombaient sous sa plume comme les pommes du pommier sous la pluie d'automne. Des pommes blettes. Il ne savait écrire que des notes, des mémoires, des actes, ce qui ne lui servait plus. Pour dire la beauté ici partout répandue, il n'avait qu'un pauvre vocabulaire. Pourtant, même convenues, maladroites, les impressions communiquées à sa femme le soulageaient d'un besoin éprouvé jusqu'à l'angoisse : dire ce qu'il ressentait, ce qui l'étreignait, son émotion et sa joie.

Elle ne se moquait pas de sa balourdise, elle était heureuse de le trouver si détendu, de bonne humeur du matin au soir, racontant ce qui lui venait à l'esprit et riant de lui-même. L'ancien notaire se demandait si les peintres, les sculpteurs, les poètes, les écrivains n'éprouvaient pas avec plus d'intensité que lui la plénitude d'un paysage, les nuances d'un ciel, la vibration du printemps, si leurs yeux ne voyaient pas davantage, si leurs âmes ne ressentaient pas mieux ce qui les entourait, si la splendeur du monde n'entrait pas plus profond en eux. Le lac était turquoise, le ciel jaunissait. Ces artistes devaient avoir des nerfs d'acier.

Il aurait aimé que Rodin fût assis à côté d'eux, le derrière dans l'herbe, entre les crêpes séchées des bouses de vache. Devenir son ami était l'une des choses les meilleures qui lui fût arrivée dans son existence, la plus extraordinaire. Il ne savait plus comment lui était venue, un jour, l'intuition de dresser une statue sur une place de Calais, ni pourquoi, un matin d'octobre 1884, il était allé visiter ce sculpteur parisien inconnu. Cela avait été plus fort que lui : dès qu'il avait vu ce barbu aux larges épaules, sa coupe en brosse de soldat, ce corps trapu dans la blouse à grands plis maculée d'argile, il ne lui était plus sorti de l'esprit. Ce serait Rodin et pas un autre.

Or, maintenant qu'officier ministériel honoraire, libéré de ses charges professionnelles, il pouvait se vouer à l'érection du monument, le sculpteur ne mettait plus le même empressement à lui répondre. Il semblait même, malgré un travail déjà très avancé, se dérober. M. Dewavrin craignait que les critiques qui avaient accueilli la deuxième maquette ne fussent la cause de ce retrait. On s'était mépris sur le flegme de Rodin ; en réalité, le coup avait porté. Reparti vers la capitale en promettant un prompt retour, on n'avait plus entendu parler de lui, sauf pour réclamer de l'argent. Comble de malchance, c'est à cette époque que la banque Sagot avait fait faillite, entraînant dans le tourbillon de son naufrage les fonds réunis pour le grand œuvre. De ce coup dur on n'était pas encore remis. Les détracteurs, les opposants avaient trouvé un nouveau cheval de bataille. On n'entendait plus que leurs critiques et leurs sous-entendus fielleux : Rodin avait simulé l'enthousiasme patriotique pour l'histoire des six Bourgeois, proclamé son attachement à la mer du Nord et à Calais afin de décrocher le contrat et les acomptes. Maintenant que les caisses sonnaient creux, on ne le voyait plus. Le Parisien se moquait des provinciaux. M. Dewavrin, dominant sa propre inquiétude, prenait sa défense, assurait qu'il l'avait vu à l'œuvre, que le sculpteur avait besoin de temps, de la patience et de la confiance des Calaisiens. On moquait sa naïveté.

Les plus sévères lui reprochaient son aveuglement. Car on recevait des nouvelles de Rodin à Calais… par la presse. Sa renommée avait débordé les frontières, s'étalait en Europe, environnée des éloges hyperboliques du papier imprimé. Sur le port, on enveloppait le poisson dans les pages qui relataient des inaugurations, citaient des fragments de discours, décrivaient son œuvre, recensaient les titres et récompenses décernés en France et à l'étranger au sculpteur à la longue barbe. Elle grisonnait. Le lendemain d'un jour de l'an, on lut son nom sur la liste d'une promotion dans l'ordre de la Légion d'honneur. Les détracteurs y virent une preuve d'arrivisme et un motif nouveau de récrimination contre l'opportuniste trop bien en cour.

Six mois avant le voyage vers Annecy et l'Italie, à la fin de l'automne 1887, M. Dewavrin avait fait un saut à Paris pour mesurer les progrès de l'œuvre et relancer son ami, se préparant le cas échéant à le sermonner et lui imposer un calendrier. Il s'était rendu sur ses indications au sud de Paris, dans le quartier populaire proche de la gare Montparnasse encore récente, déjà noircie. Autour, ce n'était pas encore la ville et déjà plus la campagne, un brouillon de quartier, sale et désordonné. Rendez-vous avait été pris par télégramme dans un des bistrots qui pullulaient près des fabriques. Ils avaient mangé le plat du jour. Rodin fit mettre la note sur son compte puis conduisit son ami boulevard de Vaugirard où il louait depuis peu, au numéro 117, un autre atelier.

C'était une médiocre construction toute en longueur qui laissait passer l'air entre ses planches mal jointes. Elle avait dû servir d'abri pour le stockage des matériaux dans cette zone éventrée où la pierre blanche des immeubles neufs, au milieu d'une gloire de poussière encore haussmannienne, s'élevait sur les décombres des faubourgs et du vieux village de Vaugirard. Rodin, la porte refermée, s'était effacé pour céder le pas au visiteur. Le froid était plus mordant que dans le hangar du Dépôt des marbres. Il n'y avait personne, sauf un aide qui bourrait le poêle en fonte de chutes de bois et de coke. Quatre Bourgeois se tenaient derrière.

Pendant le repas, le sculpteur était resté évasif, avait dévié la conversation vers les généralités, l'actualité, des sujets de diversion, repoussant à l'après-midi, dans son atelier, les éclaircissements sur la progression de la commande, les causes de son retard considérable sur le calendrier initialement prévu. Il avait ménagé son effet. Ils étaient là, impressionnants, d'une beauté altière dans leurs tuniques de plâtre frais. Ils ne ressemblaient pas exactement aux personnages de la deuxième maquette, mais c'étaient bien eux. Omer Dewavrin reconnaissait Eustache de Saint-Pierre, son nœud coulant sur la poitrine. À côté de lui, Pierre de Wissant, dont le visage tragique regardait le sol d'où la corde l'enlèverait. Il avait eu cette tête entre ses paumes deux ans plus tôt. Elle avait maintenant un corps, des mains surtout, l'une tournée vers le ciel, l'autre vers la terre. Les deux autres Bourgeois étaient sans doute Jean d'Aire, qui agrippait la grosse clé de la Ville, et Jacques de Wissant, le même visage que Pierre, son frère. M. Dewavrin en avait le souffle coupé. Wissant… un village du littoral proche de Calais, entre les caps Blanc-Nez et Gris-Nez. Il trouvait soudain à ce nom, si familier qu'il n'y prêtait aucune attention, une grâce poignante. Il sentit les larmes lui monter aux yeux. Le poêle tirait mal, on devait y jeter des cochonneries.

Il en manquait deux. Rodin avait assuré qu'ils seraient prêts pour la fin du printemps. M. Dewavrin l'écoutait exposer son plan de travail sans y croire. Il lui avait fallu trois années pour en faire quatre, on aurait de la chance s'il n'en mettait que deux à façonner les autres. Restaient à créer le plus jeune, Jean de Fiennes, capitaine de la place, et Andrieu d'Andres, le désespéré dont la posture, tête enfouie dans les mains, corps penché vers le vide, avait été cause des objections les plus sévères des membres du comité et de la presse.

Il les avait commencés, prétendait Rodin, il les voyait à présent, après avoir tâtonné pendant des mois. Andrieu d'Andres lui avait donné le plus de mal. On ne savait pas grand-chose des autres, mais de lui, rien du tout. Il imaginait un héritier, un riche oisif, pas un entrepreneur comme ses compagnons, un homme effacé, timide, le dernier à se porter volontaire, et qui, soudain, mesurait l'effroyable abîme que son courage avait ouvert sous ses pieds. Jean de Fiennes était le contraire, militaire fougueux qui allait au-devant du roi Édouard III comme il partait au combat.

Il avait envisagé de le représenter torse nu, la chemise à demi tombée révélant la vigoureuse musculature du jeune guerrier. L'épreuve en plâtre se trouvait dans un autre de ses ateliers. Cette demi-nudité, qui évoquait son *Âge d'airain*, était séduisante, mais retenait trop l'attention, au détriment de la ligne ample des bras ouverts et du visage, bouche ouverte, parlant, exhortant le groupe. Il doutait, souhaitait faire d'autres essais, chercher une nouvelle combinaison des attitudes. On risquait d'attendre longtemps encore.

Il avait beau augmenter le nombre de ses assistants, le modelage de l'argile, matrice de chaque pièce, lui appartenait, sauf rares exceptions. Sa signature en dépendait. Il déléguait ensuite les tâches de reproduction, et comme il avait soin de s'entourer des meilleurs, les plus prometteurs, laissait agir ceux qu'il avait formés, dont il avait vérifié le talent. L'admiration, la dévotion dont il était l'objet de la part de tous les aspirants sculpteurs garantissaient leur dévouement, fouettaient leur zèle. Les plus doués, avec son approbation, pouvaient imiter son style d'une façon troublante.

Omer Dewavrin avait vu « Mlle Claudel » créer elle-même le pied d'un des Bourgeois. Ces yeux bleus prenaient à Rodin beaucoup plus que les heures consacrées à guider son travail et compléter sa formation. Lorsque le sculpteur écrivait qu'il partait à la campagne prendre un peu de repos et renouveler ses motifs, il se gardait bien de donner son adresse. Il était avec elle. Cela rendait folle furieuse la légitime, Rose, la vieille compagne qui tenait son intérieur et en sortait rarement. Elle avait été très belle dans sa jeunesse, disait-on. On se montrait des Vénus de plâtre, son corps à vingt ans. Elle devait en avoir pas loin de cinquante maintenant.

Entre surmenage et désordre sentimental, rien d'étonnant que la commande de Calais et ses notables à barbichettes, en redingote à la mode de l'an dernier, fût délaissée au profit des esthètes de l'aristocratie européenne et des fortunes américaines. Il y avait peut-être encore une petite chance que *Les Bourgeois* pussent être prêts pour l'inauguration du port neuf fixée à la mi-1889, pour le centenaire de la Révolution française. Il faudrait dans ce but exercer une pression sans relâche sur l'auteur. Chaque jour comptait.

Omer Dewavrin avait désiré autant que sa femme le voyage sentimental qui marquait sa libération et leur entrée dans une vie nouvelle, une existence sans contraintes sauf celles choisies par eux. Pourtant, il aurait voulu être déjà rentré. Une ombre voilait l'éclat des paysages, diluait la joie des matins. Les sommets des montagnes avaient la forme des statues derrière le poêle de l'atelier de Montparnasse, quatre fantômes qui ne cessaient de le hanter et deux autres, invisibles. Venise et Florence étaient au programme avant de remonter à Calais. De retour au pays au milieu de l'été, ils disposeraient de moins d'une année pour aboutir. Ce serait difficile, il fallait tenter le coup. Cela le taraudait, le poursuivait dans le sommeil. Quelle apothéose si le monument pouvait être présenté à la population pour le Centenaire. Les statues de Jean Bart à Dunkerque, de Jeanne Hachette à Beauvais, paraîtraient de grandiloquentes ferrailles comparées aux *Bourgeois de Calais*. Tout ce qu'inaugureraient les villes de France, même les plus grandes, même l'État, serait surclassé par le drame de bronze sorti de l'esprit de son génial ami. Génial et infichu de tenir un délai. Il avait hâte de le secouer.

Ce matin du 21 juin 1889, premier jour d'un été de gloire pour la République française, le peintre avait caché sa déception et contenu son courroux en parcourant la galerie de Georges-Petit, rue de Sèze, près de l'église de la Madeleine. Dans deux vastes salles, on inaugurait l'exposition conjointe de ses œuvres et de celles de son ami Rodin. Il l'avait tant désirée, avait consacré tant de soins à la préparation de l'événement que ce qu'il voyait le blessait profondément. Sur le mur du fond où, selon ses instructions, étaient accrochés les meilleurs des cent quarante-cinq tableaux qu'il avait fournis, témoignant de vingt-cinq ans de sa peinture depuis 1864, ses débuts, la perspective était bouchée par un groupe statuaire monumental installé au milieu de la salle. Tout était gâché. Empêchés de reculer par les colosses, les visiteurs auraient le nez sur les toiles peintes trois ans plus tôt à Belle-Île, celles qui réclamaient le plus de champ, nécessitaient la plus large vision. On ne verrait pas les mouvements de la mer, les nuances de ses profondeurs, la lumière filtrée par les embruns, mais de la pâte bleue, des grumeaux verts, des touches de crème. Ce devait être sublime, ce serait grotesque.

Depuis des semaines, son imagination lui suggérait le ravissement des visiteurs au bout de l'exposition. Ils auraient flâné entre ses paysages et les beautés de plâtre et de bronze de Rodin, avant d'arriver devant l'océan battant les rochers de la Côte sauvage. Au lieu de cela, au lieu de marcher vers quelques-uns des plus puissants reflets du monde qu'il ait produits, les fruits d'un automne de peinture dans l'île bretonne, ils verraient s'avancer vers eux cette espèce de prophète à tête caverneuse, la corde au cou, entouré d'un aréopage de disciples gesticulant. Une sinistre farandole d'échappés de Sainte-Anne barrait tout le mur. Vraiment, quel gâchis !

Rodin lui avait joué un mauvais tour. C'était lui, Claude Monet, qui avait eu l'idée d'une présentation conjointe de leurs œuvres un jour qu'ils déjeunaient au Café Riche avec John Peter Russell, un peintre australien et ami commun. Une exposition rien que pour eux, les deux plus grands dans leurs domaines respectifs réunis au centre de Paris, au moment où l'Exposition universelle ferait accourir une foule internationale. La pointe de l'art moderne, tel que la génération dont ils étaient les chefs de file le concevait, révélée au monde entier.

Georges Petit, galeriste installé depuis peu, mais adroit et entreprenant, avait été tout de suite enthousiaste. C'était un fameux coup, il damerait le pion de ses confrères et le plus jeune d'entre eux serait aussi le plus en vue, le roi des marchands de l'avant-garde. L'identique silhouette des deux hommes, barbus, trapus, larges de torse, fortes têtes, fournirait de l'anecdote aux journalistes. Excellente publicité ! Par surcroît, ils étaient nés le même mois de la même année, novembre 1840, à Paris. À deux jours près, ils étaient jumeaux. Cela avait beaucoup frappé Rodin qui l'interprétait comme un signe du destin. Rien d'autre qu'une coïncidence pour Monet, mais elle semblait avoir emporté le consentement de son partenaire. Le peintre reconnaissait volontiers que dans leur association, il trouvait le plus grand avantage. Sa peinture était encore contestée et s'il n'y avait les Américains, il tirerait encore le diable par la queue. Le sculpteur était célébré partout, vendait à des prix astronomiques des bustes de femmes riches et ne pouvait fournir la demande. Même les provinciaux exigeaient du Rodin pour leurs squares.

Rodin traitait son partenaire en égal, mais il avait conscience que sa réputation dépassait de beaucoup celle de Monet. Il considérait que la présentation au public pour la première fois des six Bourgeois de Calais était l'événement majeur de l'exposition. Il ne l'avait pas dit, mais avait agi avec cette idée, sûr de son bon droit et le galeriste le comprenait ainsi puisqu'il leur avait donné le n° 1 dans le catalogue. Monet lui en voulait d'avoir abusé de sa prééminence. Il s'était comporté en parvenu, sans égards pour les tableaux qu'il prétendait admirer et qui, comble de l'ironie, lui avaient donné envie de découvrir à son tour Belle-Île. Monet lui avait donné ses adresses en le recommandant à l'aubergiste. Le peintre ruminait son humiliation, ressassait ses griefs. Les semaines précédentes, à plusieurs reprises, il avait tenté d'organiser des rendez-vous 8, rue de Sèze afin de débattre et convenir des positions respectives de leurs œuvres, d'envisager en bonne entente, entre artistes, les effets produits par leurs mises en rapport dans l'espace et la lumière.

Monet se faisait une joie de rechercher et de trouver avec Rodin des correspondances entre les œuvres, une harmonie des couleurs et des formes, de la musique pour les yeux. Cela aurait été étonnant, révolutionnaire, une source d'émerveillement pour les amateurs, un stimulant pour leurs pairs. Une date dans l'histoire de l'art ! Rodin s'était dérobé, prétextant la surcharge de travail, un emploi du temps infernal, des problèmes de santé, des voyages. Des voyages… il courait le jupon, oui ! Le chaste Monet s'irritait que la sensualité merveilleuse exprimée par la moindre des statuettes issues de ces grosses pattes, figures d'homme ou de femme, se dépensât trop souvent dans des coucheries avec les modèles. C'était bon pour les débutants, les besogneux, ceux qui ne tireraient guère d'autre rémunération de leur modeste talent que ces à-côtés, ces plaisirs furtifs d'atelier.

Devant la muraille de plâtre qui masquait ses toiles favorites, Monet avait été pris d'un immense découragement. Il était resté juste le temps de l'inauguration, par respect pour Georges Petit, en s'efforçant de faire bonne figure. Il lui aurait été insupportable d'entendre ne serait-ce qu'un mot compatissant d'un des amis présents. Au seul Mirbeau, admirateur dévoué et compétent des deux artistes qui avait préfacé le catalogue, il avait confié son dépit, comptant sans doute qu'il en fasse part à leur ami commun. Celui-ci, parmi les invités et les journalistes, rayonnait comme le ruban rouge tout neuf sur son habit noir. Il recueillait les compliments avec bonhomie et une évidente satisfaction. Comble de cruauté, les louanges les plus appuyées, exaltées, allaient à la grande machine qui crucifiait les œuvres préférées du peintre. Monet n'arrivait pas à se souvenir de son nom. Cela sentait la pantoufle, le bas de laine et le gilet tendu sur la bedaine, quelque chose comme *Les Bourgeois... Les Bourgeois de Saint-Omer*... de *Calais*, peut-être... Monet se retira à Giverny en se jurant de ne pas remettre les pieds rue de Sèze avant la fin de l'exposition prévue en septembre.

Il était revenu au mois de juillet. Georges Petit l'en avait prié, avait insisté. Il pouvait bien serrer la main et dire quelques mots aux Américains. Ils payaient ses tableaux sans compter avant de retraverser l'océan et répandre à New York, Boston et Philadelphie la bonne nouvelle de l'impressionnisme. Outre-Atlantique, la légende du bonhomme peintre et jardinier grandissait. De jeunes barbouilleurs ne parlant pas un mot de français venaient de là-bas exprès dans son village pour essayer de l'apercevoir par-dessus le mur de sa propriété. Ils erraient dans la campagne alentour, cherchant les motifs du maître et les copiant. Cela l'agaçait de les croiser sur les chemins, dans les champs, devant ses peupliers et ses meules de foin. Rodin, lui, ne rebutait pas ses disciples. Au contraire, pour le sculpteur, toutes les admirations étaient bonnes à prendre. Rien n'était plus aisé que d'entrer dans un de ses ateliers. Cette complaisance, cette facilité d'approche paraissaient incompréhensibles à Monet, presque fautives. Pourtant, tout en se dispersant, Rodin travaillait dur et produisait beaucoup. Cet homme était une énigme.

Dans le train de Paris il regardait les bords de la Seine où poussaient les pavillons neufs et les cheminées d'usine. Un mois après, de la colère provoquée par le sans-gêne de Rodin ne demeurait pas même un fond d'amertume ! Rien, sauf le regret d'en avoir été si bouleversé. Georges Petit avait réalisé quelques bonnes ventes de ses toiles à des collectionneurs. Ils payaient plus cher, mais c'étaient les mêmes qu'avant. La fréquentation rue de Sèze était modeste, tandis que la foule se pressait dans les allées de l'Exposition universelle, mais ils avaient eu tous deux une bonne presse. Le bilan n'était pas mauvais.

L'égoïsme de Rodin, lorsqu'il y repensait, était un miroir tendu au sien. Le sculpteur n'avait pas été délicat, encore moins amical, mais cette intransigeance de l'artiste, il la reconnaissait. Elle conduisait sa propre vie, et avait fait bien des dégâts dans son entourage, blessé des êtres chers. Cette inaptitude à dire les mots, à faire les gestes qu'il faudrait. Il était né comme ça. Il n'en avait pas plus de regret que Rodin ne devait en éprouver. Deux ou trois remords, tout de même… Ses pinceaux trempaient dans cette solitude du sentiment, le château de soi-même. Les pâtes de couleurs, leurs traces sur la toile, n'étaient que les moyens visibles de son art. Chaque tableau était une fenêtre par où pénétrait la lumière, jusqu'au fond du donjon, dans les souterrains. Rodin était pareil.

Le groupe des géants, la falaise de craie qui bouchait le panneau auquel Monet tenait le plus, l'obsédait. Lors d'une précédente exposition, deux ans auparavant, dans la même galerie, Rodin avait présenté trois des six personnages. L'effet était convaincant, mais sans rapport avec l'envoûtement produit par leur réunion. Son esprit apaisé avait révisé l'impression première. Des articles dans les journaux l'avaient renseigné sur le groupe de Rodin, et aussi la relecture de la préface de leur ami commun, Gustave Geffroy. Le peintre connaissait l'anecdote, le début de la guerre de Cent Ans, le siège de Calais, le roi d'Angleterre, la famine, le sacrifice. Il était intrigué. L'image fixée sur sa rétine le jour de l'inauguration, projetée dans un souvenir, l'enveloppait d'un charme étrange, lui suggérait des harmonies tourmentées, qui s'accordaient bien, il le reconnaissait maintenant, aux jaillissements de l'océan sur les rochers déchiquetés de Port-Goulphar et Port-Coton qu'il avait peints à Belle-Île. Il revoyait ces grandes mains de rois thaumaturges, ces nobles drapés, ces longs visages surgis du profond de l'histoire, du temps où la peinture ne couvrait que la pierre et le bois. Il voulait vérifier ce qu'il avait vu. C'était aussi pour cette raison qu'il revenait à Paris.

Dans la galerie, les visiteurs ne se bousculaient pas. Entre les tapis au sol et, sous les verrières, le velum de mousseline filtrant le soleil, on entendait à peine un murmure de temps en temps, le froissement d'une page de catalogue, un accès de toux réprimé. Personne ne reconnaissait Claude Monet. Contrairement à la barbe d'Auguste Rodin, on voyait rarement la sienne, à peine moins fournie, sur les gravures des illustrés. Tout en discutant avec Georges Petit des modifications auxquelles il avait songé pour la présentation de ses toiles, il glissait par moments le regard vers *Les Bourgeois*. Ils semblaient l'attendre, lui faire signe. Il abrégea l'entretien en promettant au galeriste de lui faire connaître par écrit ses suggestions et marcha vers le groupe. Les silhouettes paraissaient moins hautes que la première fois, et, entre elles, on pouvait apercevoir, comme dans des embrasures, des fragments des paysages marins qui étaient de sa main. Il se moqua de lui-même. Sa colère était tombée.

L'un des personnages le fascinait en particulier. Le galeriste lui avait dit que c'était Jean d'Aire. Cet homme dont l'énergie se rassemblait dans sa seule volonté, la bouche serrée sur toute vaine parole, réprimant regret et plainte, mordant son angoisse, les mains crispées sur la grosse clé qu'il allait déposer avec sa vie aux pieds du roi d'Angleterre, cet homme-ci était son parent. Ses yeux de statue portaient le regard au-delà du peintre, au-delà des visiteurs, traversaient la salle, les portes closes, la rue, la ville, le temps. Et tout cela, ce regard qui dépassait les heures du jour, sondait le passé et l'avenir, l'infini, n'était que l'empreinte des pouces d'Auguste Rodin dans de la craie mouillée.

Rodin était comme lui. Il avait l'orgueil d'avoir donné une existence dépassant la vie humaine à ce qui n'existait pas, d'avoir lutté avec l'invisible et de l'avoir amené au jour. Claude Monet voyait, frais du néant dont les avait tirés Rodin, les six figures d'hommes pétrifiés comme un défi lancé au monde.

Dans le train qui le ramenait à Giverny, il composait le menu du déjeuner auquel il convierait bientôt son ami. Des radis au beurre, un gigot d'agneau de sept heures, des fraises à la crème, un vieux bourgogne et du champagne. Il inviterait aussi Mirbeau, Geffroy et Clemenceau. Il ferait ouvrir les portes-fenêtres sur le jardin.

Dans le jour déclinant, à travers le fouillis des rejets et des buissons, Omer Dewavrin distinguait à peine la façade jaune d'une grande maison, un petit château. Il était en retard. On l'avait mal renseigné et il n'avait sans doute pas bien compris les indications fournies au Dépôt des marbres, demeuré le port d'attache du sculpteur malgré la multiplication de ses ateliers et entrepôts dans Paris, toujours au sud. Considérant sa réussite, l'administration avait essayé de l'en déloger pour installer à sa place des artistes plus jeunes et moins fortunés. Rodin avait fait intervenir ses appuis pour s'y maintenir. On avait toujours quelques chances de l'y trouver, mais il s'emmêlait dans son emploi du temps et ne s'était pas encore résolu à embaucher un secrétaire.

Le concierge avait dit au visiteur de Calais qu'il trouverait son ami à la Folie-Neubourg, boulevard d'Italie. Il avait donc cherché dans ce quartier où surgissaient des immeubles neufs identiques à ceux de la rive droite, quelque chose qui ressemblerait à un hangar, un entrepôt, une remise. L'été tirait à sa fin, mais restait chaud et sec. Il avait fait le tour d'un grand parc à l'abandon avalé par la ville, longé la rive malodorante de la Bièvre, avant de réaliser que cette jungle d'où émergeait la pâle grisaille d'un toit d'ardoise éreinté était sans doute le nouveau repaire du sculpteur. Les commerçants du quartier appelaient l'endroit la Folie-Payen, du nom d'un précédent propriétaire. Un sergent de ville avait confirmé à l'ex-notaire que là, dans la vieille bâtisse, passé le porche lépreux, rue du Chant-de-l'Alouette, il trouverait sans doute le célèbre sculpteur et sa dame.

Rodin était seul, debout, mains dans les poches, dos à la cheminée où flambait un feu de branches et de rondins. Il tressaillit à peine lorsque la porte vitrée racla le carrelage et ne leva la tête que pour répondre au salut d'Omer Dewavrin. La pièce dans laquelle il se tenait avait autrefois connu des heures fastes. Elle était couverte de boiseries. Des trumeaux au-dessus des portes représentaient des chiens à l'affût, des oiseaux, Diane et ses compagnes. Deux buffets à gibier aux plateaux de marbre rougeâtre, scellés dans les murs, devaient autrefois recevoir faisans et lièvres tirés par les propriétaires et leurs invités les jours de chasse. Comment tout cela n'avait-il pas déjà été volé ? L'endroit, avant que la capitale ne déborde le mur d'enceinte élevé autour de Paris peu avant la Révolution, était un pavillon des plaisirs, un lieu de rendez-vous dont les portes-fenêtres donnaient sur la campagne. Au lieu des draperies de lierres et de clématites qui dégringolaient des arbres et les étouffaient, il y avait un jardin, des parterres, des buis taillés entre les vasques de pierre. Les dalles de la terrasse étaient disjointes, l'herbe poussait dedans et le feuillage d'un sureau brossait les vitres du salon voisin.

Rodin avait oublié leur rendez-vous. Arraché à sa méditation, il s'excusa dans une grande confusion. La main qu'il tendit, toujours chaude et douce, était immaculée, les ongles roses. En habit, cravate de soie, le ruban à la boutonnière remplacé par la rosette, il ne travaillait pas. Un huit-reflets, coiffe en l'air, était posé sur le manteau de la cheminée près d'une paire de gants et d'une canne trop fine pour sa poigne. Devançant les questions et les éventuels reproches de son ami, il parla de sa charge de travail. Elle n'avait jamais été si lourde. Il menait de front, entre autres, deux projets difficiles : un monument en hommage à Victor Hugo destiné au Panthéon, une statue d'Honoré de Balzac pour la Société des gens de lettres. On attendait beaucoup de lui, et il voulait réussir quelque chose de puissant pour ces deux écrivains qu'il admirait, et qui l'intimidaient.

Il se sentait un débutant, comme s'il n'avait rien réussi avant. Les mauvais jours, il se croyait tout juste capable de reproduire les mêmes techniques. Les ébauches se succédaient, ça n'allait pas, il se fâchait avec les commanditaires. On ne le comprenait pas, on le discutait, on lui opposait des médiocres, on le payait mal. Il recommençait sans cesse, ne savait plus où mettre sa production. L'envie le prenait parfois de tout bazarder et de se retirer à la campagne. Il promènerait son chien.

La vaste pièce n'était pas encombrée comme ses autres ateliers. Réservée au modelage, il y gardait les pièces nécessaires aux créations en cours, y recevait par exception des familiers. Des éléments épars montraient que le sculpteur avait poursuivi dans cet atelier ses travaux sur les *Bourgeois*. Ils étaient là, coupés à la moitié du tronc, tous les six, disposés sur une longue table de ferme. Les hautes flammes projetaient leurs ombres sur le sol. Il y avait aussi un buste d'homme, avec un cou de bovin, énorme, et un autre du même personnage, exagéré, quasiment difforme. Peut-être ce *Balzac* qui le tourmentait, une source de déboires sans fin avec ses commanditaires ? Pas étonnant, à considérer ce Minotaure, qu'il eût des problèmes avec les payeurs.

Malgré ses dimensions, malgré les habits de ville de l'occupant qui semblait en visite chez lui-même, le lieu avait quelque chose d'intime, de replié. Un refuge au milieu d'un bois dans Paris pour travailler et vivre loin des autres. Sans doute pas seul. On sentait une autre présence, plus subtile que celle du lutteur qui se tenait devant lui. Il y avait un peu de mobilier dans le salon voisin, un tapis, un beau chandelier. On devinait un divan. Les nus de femmes étaient moins nombreux, et sans les postures scabreuses qui avaient ailleurs éberlué Omer Dewavrin, cette collection de postérieurs en l'air qui pour les plaisantins étaient les totems du maître. Quelque sensibilité jalouse à ménager peut-être. La « dame » du sergent de ville ? Cette observation l'amusa, tout en renforçant son impression que le joli pavillon avait peut-être retrouvé certains aspects de la vie légère pour laquelle il avait été conçu sous Louis XV.

Il remarqua, fichée sur une sellette, une petite tête de femme sans col, cheveux ras, à peine dégagée d'une motte de plâtre, le menton encore pris dedans. Malgré les traces apparentes du moulage, les bavures conservées, les traits, très caractérisés, étaient d'une extrême finesse. C'était la jeune fille aux yeux bleu foncé, Camille Claudel, l'assistante du maître. On la reconnaissait malgré les deux mains accolées, figées dans la gangue, qui masquaient en partie le bas du visage. Elles étaient ouvertes, doigts écartés, à demi repliés devant les lèvres closes sur leur secret.

Chacune des parties de cette curiosité était délicate, gracieuse, mais l'ensemble au premier abord inspirait le malaise. Les mains n'avaient pas été moulées avec la tête, mais rapprochées a posteriori. Cela faisait penser à la sinistre récréation d'étudiants en médecine sur une table de dissection. Pourtant, on était bouleversé par cette figure féminine à peine plus grosse que le poing du sculpteur. L'expression réfléchie du modèle prenait, fixée dans la matière, un aspect douloureux. Une âme était enfermée dedans. Que voulaient faire ces mains assemblées devant la bouche, que disaient-elles que les lèvres taisaient ? Bâillonner… caresser… être embrassées… supplier… Ces doigts, ces paumes ouvertes en offrande ou en appel, Omer Dewavrin les avait déjà vus. Plusieurs, presque identiques, étaient sur un établi. C'étaient des mains de jeune homme ; elles ressemblaient à celles des *Bourgeois*…

Lorsque le visiteur avait aperçu l'artiste depuis le perron, avant d'entrer, derrière le vitrage, c'était sur le visage de la petite demoiselle que son regard méditatif se perdait, hors du temps, hors du monde. L'irruption de l'ancien notaire l'avait tiré de sa rêverie ; il y retournait, comme un animal à sa tanière. Ses yeux gris étaient redevenus vagues, il se taisait. La mélancolie douloureuse suggérée par la statuette, il la voyait sur ce visage aux traits soufflés par la fatigue et les riches nourritures. Il aurait bientôt cinquante-trois ans ; l'avenir accourait avec le soir, on devinait le vieil homme qu'il serait dans quelques années. Et le profil de son dernier masque, les yeux clos.

Embarrassé par le silence, Omer Dewavrin s'écarta pour examiner les pièces d'étude qui avaient servi à l'élaboration des *Bourgeois*. Il ne s'agissait que de travaux préparatoires, des brouillons. Pourtant chaque pied, chaque main semblaient doués de vie. Non qu'ils fussent parfaits de forme et de proportions, au contraire, mais, empreints de sa vigueur, ils disaient la force vitale du sculpteur ; la vie immobile, la vie éternelle des objets n'était rien d'autre. La vie vivante était passée comme un fluide, de ses paumes, de la pulpe de ses doigts, dans l'argile et le plâtre. On s'étonnait presque de les trouver froids et durs au toucher.

Rodin s'était rapproché. Prenant une des mains posées sur la table : « Celle-ci, c'est elle qui l'a faite. » Il la tenait dans le creux de sa patte et de l'autre en effleurait le dos.

Omer Dewavrin n'était pas sûr qu'il s'adressât à lui. Il aurait voulu proposer un rendez-vous pour le lendemain et se retirer, mais Rodin continuait de parler, comme pour lui-même, sans se préoccuper d'être entendu, encore moins d'être compris.

Elle était partie et ne reviendrait pas. Elle ne voulait plus le voir parce qu'elle ne croyait plus qu'il quitterait sa vieille et grise, osseuse compagne pour l'épouser, elle, la jeune, la belle. Il ne pouvait quand même pas faire cela à Rose qui se dévouait depuis si longtemps. La pauvre s'était fanée à le servir. Non, il ne pouvait pas. Camille lui avait dit des choses horribles… qu'il lui avait tout pris, qu'il l'exploitait, volait ses idées, la copiait, l'espionnait. Elle étouffait sous sa coupe. Elle voulait vivre par elle-même de son talent avant qu'il l'eût dévorée. Elle louait un atelier pas très loin d'ici, boulevard d'Italie. Défense lui était faite d'y pénétrer, ou même d'en approcher, elle ne voulait plus entendre parler de lui. Il n'arrivait pas à se résigner. Elle était démunie, fâchée avec sa famille, avec beaucoup de ses amis. Il essayait de lui faire parvenir des subsides, de l'aider en usant de stratagèmes. Elle les déjouait et lui renvoyait l'argent avec un mot insultant. Le ressentiment lui faisait dire des horreurs sur son compte qu'elle essayait de répandre dans Paris. C'était si gros que personne ne la croyait, même ce qui était vrai. Elle devait terriblement souffrir. Elle lui manquait. Les modèles étaient gentils, se laissaient faire, mais rien ne l'apaisait. Rien, pas même le travail.

Sur ce dernier mot, il sembla se rappeler la présence de son ami. Omer Dewavrin avait renoncé ce soir-là à l'entretenir des *Bourgeois*. Il aurait été obscène de parler finances et délais de livraison. Le sentiment qu'il éprouvait à cette heure était si nouveau, si surprenant, qu'il ne parvenait à le nommer. Il n'osait pas avoir pitié de son ami. Il le voyait faible, il se sentit tendre. Rodin accepta une rencontre le lendemain. Elle aurait lieu faubourg Saint-Jacques dans la remise où était conservé le groupe au complet. Le visiteur se retourna avant de s'éloigner. Le feu dans l'âtre n'était plus que braises. Le soir avait envahi la pièce. Rodin, la nuque ployée, la barbe sur la poitrine, bras croisés, tassé, demeurait immobile dans l'ombre qui s'épaississait.

OMER DEWAVRIN n'était pas près d'oublier ce jour du commencement d'octobre 1892, quand on était venu le prévenir qu'un homme présentant les symptômes du choléra, diarrhée et vomissements, venait de mourir dans une maison du Courgain maritime, le vieux quartier des pêcheurs près du port médiéval. La victime, un quinquagénaire, ancien chasseur d'Afrique, était ferrailleur et chiffonnier. Compte tenu des choses malpropres et dangereuses que son métier l'obligeait à manipuler, on espérait un accident, une infection peut-être. Le médecin dépêché à la morgue pour effectuer sur son cadavre un contre-examen communiqua aussitôt son rapport. Aucun doute, choléra-morbus était dans les murs.

La dernière épidémie remontait à près de quarante ans – cinq mille morts dans le Pas-de-Calais en 1854, un fantomatique souvenir de jeunesse pour Omer –, mais on l'étudiait toujours dans les facultés de médecine et n'importe quel interne savait en reconnaître les signes. Rien de surprenant à ce que le cas se fût déclaré dans cette partie de la ville, un lacis de ruelles surpeuplées, misérables et insalubres, le foyer d'infection type.

L'ex-notaire était redevenu maire depuis le mois de mai, sans l'avoir désiré. Après les désistements successifs de deux conseillers municipaux rebutés par la mauvaise situation financière de la ville et l'âpreté du débat politique local, il avait fini par céder aux pressions de ses amis, en maudissant son sens du devoir. Léontine lui en avait voulu ; leur liberté s'en allait. Et comme si les tracas ordinaires de la politique locale ne suffisaient pas, à peine venait-il de remettre le nez dans les dossiers que le choléra lui tombait dessus.

On avait pensé étouffer l'épidémie dans l'œuf en relogeant immédiatement les trop nombreux occupants du vieil immeuble infesté par les rats. Leurs vêtements, leurs linges avaient été incinérés, les locaux dératisés de fond en comble. Des consignes de discrétion avaient été données afin de ne pas affoler la population et, surtout, de ne pas provoquer la mise en quarantaine du port, ce dont auraient aussitôt profité les villes voisines et la Belgique. Les vieux Calaisiens se souvenaient de la dernière attaque du choléra au début du Second Empire : l'hôpital saturé, les fossoyeurs débordés, presque toutes les familles endeuillées, la récession économique. Le mot « choléra » terrifiait, faisait remonter dans le siècle du progrès et de la vaccination, avec d'ignobles relents d'égout, la peste du Moyen Âge. Le fléau avait ravagé la banlieue nord de

Paris au printemps et pendant l'été. À la même époque, les ports de Marseille, Le Havre, Anvers et particulièrement Hambourg avaient été touchés. L'Europe entière était en alerte. Si l'épidémie s'étendait, ce serait l'arrêt du trafic maritime, l'étranglement des commerçants, le chômage des dockers et des ouvriers, la débandade chez les riches, l'émeute chez les pauvres.

Pendant deux jours, les responsables municipaux avaient croisé les doigts, prié, regardé ailleurs pour conjurer le sort. Et puis, un autre cas… un troisième… un quatrième furent signalés. Omer Dewavrin était atterré. Péchant par optimisme, trop confiant dans l'action de ses services, il n'avait pas osé ordonner les mesures de quarantaine qui auraient permis de circonscrire la maladie, pire, personne n'avait empêché les habitants relogés de déménager avec leur literie. Six années à l'écart des affaires lui avaient fait perdre ses réflexes – quand on hésite à agir, c'est signe qu'il faut agir sans délai ; l'événement l'avait atteint dans une sorte de torpeur, d'engourdissement dont il était sorti trop tard. Malgré la solidarité du conseil municipal, qui avait approuvé les mesures initiales, il s'en voulait, n'accusait que lui-même. Toute sa vie, depuis l'enfance, il s'était préparé à affronter la crise, à être le héros de quelque catastrophe, à tenir la barre dans la tempête. En 1870, il n'avait pas combattu. Il n'était pas soldat. En 1892, l'épidémie se répandait dans la ville dont il était le maire. Il avait failli. Beaucoup de ses administrés allaient mourir.

Le soir de la déclaration du deuxième cas, sa femme l'avait vu rentrer consterné, abattu. Il parlait de rendre son écharpe, de partir sur les routes, à pied, pour se mortifier. Il remâchait les termes de sa lettre demandant au préfet d'accepter sa démission. Léontine l'adjura de n'en rien faire, plaida : il allait tourner en rond dans la maison à ressasser sa faute, ruminer son remords et s'abîmer dans la dépression. Personne n'avait été clairvoyant. En se démettant de son mandat, il s'offrait en bouc émissaire et tous, le sous-préfet et le préfet en tête, avec soulagement, se défausseraient en lui tombant dessus. Rien n'était perdu, la situation pouvait être redressée, il fallait lutter.

Le lendemain à l'aube, il était dans son bureau et convoquait en réunion extraordinaire son conseil. Il fit approuver des mesures de confinement drastiques dans les quartiers concernés, limita au strict nécessaire les entrées et sorties de la ville par la route comme par la mer ; avec le concours de la gendarmerie, il fit contrôler les accès, réquisitionna les médecins et prescrivit en urgence un plan de désinfection des secteurs insalubres. Les cholériques, même les cas douteux, furent hospitalisés et mis à l'isolement, les visites des familles et amis interdites ; on posta des gardes devant les domiciles des intransportables. L'État délégua un praticien spécialiste de l'hygiène publique et envoya du matériel.

La situation fut dès lors suivie au jour le jour, heure par heure. Sur un plan de Calais étaient reportés les cas recensés, précisément datés et localisés. Le maire visitait chaque rue touchée, s'assurait qu'on n'y consommait plus que de l'eau bouillie ou fournie par des citernes municipales analysées quotidiennement, que les matières de vidange étaient évacuées, que les effets des proches et des voisins des malades étaient traités dans l'étuve locomobile fournie par l'État. Dans les écoles, instituteurs et institutrices veillaient à la propreté des élèves, leur enseignaient les règles d'hygiène. Il rencontrait sur place ses administrés pour expliquer les mesures prises, les justifier et, passée l'expression de l'angoisse et de la colère populaires, rassurer et restaurer la confiance dans l'action publique. Il entrait dans les maisons avec le personnel de santé, dirigeait la distribution de produits d'hygiène, orientait les secours municipaux vers les familles des malades privés d'emploi. Léontine assistait aux offices des morts ; avec le clergé sollicitait et organisait la charité au profit des nécessiteux. L'urgence sanitaire avait créé l'union des royalistes aux socialistes. Il n'y avait plus que des malades à sauver et des citoyens à protéger. Avec le soutien de l'opposition, le maire lança les bases d'un programme d'assainissement et d'amélioration du réseau d'eau potable. Le préfet promit une subvention et l'expertise des ingénieurs, médecins et hygiénistes de l'État.

Omer Dewavrin partait tôt le matin, rentrait tard le soir, exténué. La maladie était implacable. Ses victimes se vidaient en quelques heures, trempaient leurs draps d'une sueur froide, fétide, vomissaient l'eau avec la bile et mouraient de soif. Sans jamais perdre conscience, les membres dévorés de crampes sans rémissions, elles prenaient l'apparence décharnée des cadavres qu'elles seraient bientôt. Le masque assombri de leur souffrance, peau tirée sur l'os, yeux vitreux, enfoncés dans les orbites, bouche desséchée, était effrayant, leur odeur repoussante, tout était souillé autour d'elles. Seules les âmes les plus fermes s'en approchaient.

Tout en redoublant les précautions et en les faisant respecter par ses équipes, le maire était toujours en première ligne et donnait l'exemple. Un soir, sous le crachin, il était allé voir fonctionner l'étuve locomobile dans un quartier ouvrier du vieux Saint-Pierre. Deux de ses agents, couverts de cirés, s'affairaient autour de la machine rutilante à la lueur d'une lanterne. L'un introduisait à la fourche des vêtements et des linges à stériliser dans le cylindre d'acier où circulait la vapeur, l'autre rapprochait un sac de charbon de la chaudière. Absorbés par leurs tâches, ils ne l'avaient pas remarqué. Il les observa pendant un moment répéter avec précision et rapidité les gestes que leur avait appris la lutte contre l'épidémie. Au travail depuis le matin, seuls à savoir faire marcher cet outil récemment mis au point, ils prolongeaient leur service au-delà de l'heure habituelle. Le chauffeur ouvrit la trappe du foyer. Les reflets d'or et de pourpre soudain répandus sur lui donnaient à la calme attention de l'opérateur une grâce surnaturelle. Ce visage d'homme vivant illuminé par le feu dépassait en beauté ce qu'Omer Dewavrin avait pu voir dans les salles de peintures des musées. La vision, soudaine et fugitive, était poignante. Il en aurait été le seul témoin, le dépositaire provisoire. Vers quelle mémoire du monde allait-elle fuir et se conserver ? Cela ne pouvait se perdre. La trappe refermée, il alla saluer les deux hommes.

Le lendemain, il eut un malaise qui l'obligea à se recoucher. Il aurait voulu se rendre à la mairie, mais ses jambes pouvaient à peine le soutenir. La température était montée, son visage ordinairement coloré était livide, il transpirait à grosses gouttes. Léontine consigna la bonne dans la cuisine, après l'avoir envoyée chercher le docteur. Elle s'occupa elle-même de son mari en s'efforçant de dissimuler son angoisse. Le rapport quotidien des services arriva chez le maire avant le praticien. Le nombre des admissions à l'hôpital diminuait, les plus solides des premiers malades entraient en convalescence et aucun décès par le choléra n'avait été constaté depuis l'avant-veille. Les mesures de confinement se révélaient efficaces en ville et aux alentours. Personne hors de Calais n'avait été infecté. Le médecin venu examiner le maire lui confirma que de toute évidence la situation s'améliorait, que les gens s'en rendaient compte et reprenaient confiance. Quant à son patient, sa faiblesse subite résultait de son état d'épuisement. Le retard de sommeil, les fatigues accumulées l'avaient submergé au moment où son esprit se détendait. Quarante-huit heures de repos complet avant une prudente reprise d'activité rétabliraient sa santé. Le lendemain, Omer Dewavrin était à son poste.

La phase aiguë de la crise était passée. L'application des mesures décidées à l'hôtel de ville avait jugulé la panique, retiré leurs arguments aux agitateurs, ridiculisé les froussards. Les premiers à fuir étaient revenus assez vite. Ils rentraient en ville comme la peur en sortait. Après les hésitations, les improvisations du début, ne mouraient plus de la maladie que les personnes affaiblies par l'âge ou un mauvais état général. Les médecins parvenaient à guérir les autres. Aucun enfant ne périt. Des cas avérés ou suspects furent constatés jusqu'à la fin de l'automne, mais l'émotion désormais restait cantonnée au cercle familial ; chacun savait ce qu'il avait à faire et le faisait. Les rues de Calais n'avaient jamais été aussi propres, les cours balayées, les vitres brillantes, le port bien rangé. Les pluies de novembre firent ruisseler une eau claire sur les pavés. À Noël, choléra-morbus était vaincu. Dans la cathédrale on rendit grâce, à la mairie on vota les crédits pour l'extension du réseau d'eau potable. Omer Dewavrin pouvait reprendre contact avec Rodin.

Avant la déclaration du premier cas, le lendemain de son élection, il lui avait écrit pour annoncer qu'il se trouvait en position favorable pour relancer la souscription publique, et solliciter de nouveaux soutiens politiques et financiers. Il se réjouissait à l'avance d'organiser l'inauguration du monument l'année suivante, si possible au printemps 1893. L'irruption du choléra avait tout remis en question, ce qu'il n'avait consenti à admettre qu'avec réticence. Il avait dans les premières heures préféré sous-estimer la menace, plutôt que de mettre entre parenthèses un projet devenu avec les années une obsession. Le nouveau mandat de maire accepté soi-disant par devoir, il se l'avouait maintenant que la terrible épreuve était révolue, était surtout un levier politique dans le but d'installer enfin *Les Bourgeois*, ses *Bourgeois*, à Calais et de les inaugurer. Le reste venait après. Il avait fallu le choc des premiers cas de choléra en chaîne, l'angoisse qui l'avait saisi, pour qu'il réoccupât la fonction et prît en main la lutte contre l'épidémie.

La situation rétablie, il avait esquivé les marques de reconnaissance de ses concitoyens. Elles le troublaient, le déconcertaient quand elles venaient des plus modestes. Il avait fait son devoir, n'éprouvait ni joie ni fierté, mais un immense soulagement. La ville s'en était bien mieux sortie qu'en 1854. Il se souvenait avec un frisson rétrospectif des quelques heures pendant lesquelles le sens de sa vie lui avait paru irrémédiablement faussé, dénaturé. Un moment d'inertie, une faute d'inattention, un excès de confiance avaient failli ruiner des années de labeur et de rectitude. La sauvegarde de son honneur, de l'idée qu'il s'en faisait, était une récompense suffisante. Dans la lettre à en-tête de la mairie qu'il adressa au sculpteur pendant l'automne, il ne parla pas de l'épidémie, encore moins de son rôle dans la bataille. Il mentionna seulement qu'un peu de répit lui permettait de reprendre l'affaire qui les intéressait.

Le lendemain de sa visite dans le pavillon de chasse de la Folie-Payen, l'année précédente, à la fin de l'été

1891, Omer Dewavrin avait revu *Les Bourgeois* entreposés dans l'étroite remise du faubourg Saint-Jacques louée par Rodin. Ils lui avaient semblé tels qu'exposés dans la galerie de Georges Petit pendant l'Exposition universelle de 1889. Pourtant le sculpteur prétendait avoir procédé à des modifications. Il avait pointé quelques détails pour en convaincre son ami, désignant les extrémités des membres, des plis sur les chemises. Il expliquait avec une sorte de volupté anxieuse, insatisfaite, les améliorations, les simplifications opérées pour donner plus de grâce et de vérité au mouvement, donner la vie à la matière. Le notaire reconnaissait cette quête de la perfection artisanale des bâtisseurs de cathédrales dont Rodin parlait souvent, mais cela ne justifiait pas un allongement indéfini du délai. À ce rythme, une modification en appelant une autre, on ne verrait jamais le bout de l'aventure. Savoir s'arrêter faisait partie du contrat. Omer Dewavrin l'avait dit sans détour à son ami et ne lui avait pas caché son impatience. L'œuvre était parfaite, à mesure humaine. S'acharner dessus passait les bornes de l'orgueil, c'était insulter Dieu. Il fallait à présent lui donner son vêtement de bronze, et l'installer parmi les hommes, sur la terre et sous le ciel de Calais. L'agacement, l'impatience avaient fouetté l'éloquence de l'ex-notaire.

L'argent manquait encore, le commanditaire ne pouvait le contester. Le coût de l'entreprise chargée de couler le bronze restait à provisionner. Or, le monument était plus important que prévu, la façon spécialement délicate.

Pour le fondeur, capturer dans une forme de métal l'imagination d'Auguste Rodin revenait à faire de la dentelle avec le procédé destiné à couler des canons. Seul le meilleur en France pouvait assurer une prestation à bon niveau et sa rémunération doublerait la somme déjà prévue pour les honoraires du sculpteur.

Cette nouvelle panne du financement n'avait pas eu l'air d'affecter Rodin. Sa frénésie dans la phase de conception et de modelage contrastait avec son indolence au moment de donner au plâtre ses habits de bronze. Il l'avait enfanté, en était content et prolongeait les travaux de retouche qui maintenaient le lien organique avec son œuvre. Le groupe avait comblé le vide creusé en lui par l'appétit de créer. Il le regardait, le caressait. Tout était bien. Le plâtre avait un velouté, une manière de prendre les ombres qui le comblait. De la peau humaine. Il répugnait à déclarer l'œuvre achevée, à s'en défaire. Omer Dewavrin multipliait les lettres, les télégrammes pour demander au sculpteur de se presser, et fit à plusieurs reprises le voyage de Paris pour s'assurer que les derniers engagements seraient tenus.

À chaque fois, il trouvait Rodin dans l'un de ses ateliers, roi dans sa caverne au cœur de la capitale, songeant aux projets suivants, sondant les abîmes d'excitation et d'incertitude creusés par le désir, le besoin d'engendrer autre chose, d'accroître le peuple de sa création. Il appartenait de nouveau à l'inconnu, cherchait à travers la brume la rive d'un continent inexploré. Dans l'opulente brasserie où ils déjeunaient, souvent au Café Riche, boulevard des Italiens, Omer Dewavrin l'écoutait parler de Balzac. Ce projet l'accaparait. De fréquents séjours en Touraine lui permettaient de s'imprégner des lieux, des paysages où l'écrivain avait grandi, où il revenait, d'observer la physionomie des gens du pays, de guetter des ressemblances. La Société des gens de lettres attendait une statue, espérait peut-être une évocation des personnages emblématiques de la *Comédie humaine*. Ces gens l'embêtaient. Il ne voulait aucun des artifices de l'illustration, bas-reliefs, motifs secondaires comme sur les monuments ordinaires. La figure dont il cherchait depuis plusieurs années la forme devait exprimer la puissance de créer, toute la vision de l'écrivain dans la simple représentation de son apparence terrestre, tout un univers sur le visage et le corps d'un homme. Rodin s'enthousiasmait. Quand Omer Dewavrin revenait aux *Bourgeois*, il avait l'impression de haler pour le ramener sur la terre ferme, sa terre, un nageur aspiré vers le large par un irrésistible courant.

À la fin de l'hiver, il reprit la route de Paris en compagnie du préfet. M. Alapetite verrait *Les Bourgeois*, en parlerait au ministre de l'Intérieur après la réunion des préfets pendant que lui ferait le tour des administrations. Ils avaient pris le train ensemble. Le jeune et prometteur haut fonctionnaire, nouvellement affecté dans le Pas-de-Calais, était cultivé. Il connaissait l'œuvre de Rodin et l'admirait. Lorsqu'il était venu visiter Calais et remettre à son premier magistrat une lettre de félicitations pour les services rendus pendant l'épidémie de choléra, il l'avait assuré de son intérêt personnel pour le projet, une œuvre admirable autant que les photographies lui avaient permis d'en juger. Il avait des camarades dans les ministères, des relations dans les milieux d'affaires, connaissait des mécènes. Les expositions et la presse avaient fait une réputation flatteuse à l'œuvre et beaucoup se demandaient pourquoi l'une des plus étonnantes réussites d'un des plus célèbres artistes français n'était pas encore installée. Le préfet l'affirmait : on trouverait les derniers sous manquants pour corriger cette anomalie, fondre *Les Bourgeois* et les offrir à la curiosité du public.

Dans les lambeaux de fumée étirés sur la plaine picarde par la vitesse de la locomotive, le maire de Calais voyait le président de la République, Sadi Carnot, couper le ruban et monter à la tribune sous les drapeaux. Le choc rythmé des roues aux sections des rails scandait les mots de son discours.

Deux mètres de haut, cela allait de soi. Autour, bien entendu, une petite grille en fer forgé de style gothique. Voilà le piédestal et sa garniture envisagés par la ville de Calais pour ses *Bourgeois*. Ces gens n'y comprenaient rien. Ce n'était pas ce qu'il souhaitait, ce n'était pas ce qu'il fallait. Rodin avait pris à témoin ses assistants dans l'atelier en leur montrant le croquis d'architecte qu'il venait de recevoir. Rien de plus conventionnel, rien de moins approprié à une œuvre radicalement nouvelle dans sa conception et son expression. Omer Dewavrin prenait lui-même ses distances avec ce projet, mais il avait été approuvé par les membres du comité et il n'était plus temps de tergiverser.

Rodin reconnaissait que, neuf ans plus tôt, sa première et sa seconde maquette comportaient un socle imposant, un cube massif à revêtir d'ornements spécifiques et d'un texte bref, une citation de Jean Froissart par exemple. Ensuite, il n'y avait plus pensé. Son esprit s'était absorbé dans le façonnage des éléments du groupe, leur composition et leur mise en relation. Mais, quand avaient été mises en débat la nature et la décoration du support, il avait coupé court : il n'en fallait pas. Ses créatures lui étaient apparues comme les avait décrites le chroniqueur, debout sur la chaussée damée, poudreuse de la sécheresse d'août. Il les y avait maintenues en galbant leurs jambes et leurs bras, en modelant leurs têtes et leurs mains. Il n'était pas question de les faire maintenant monter sur une estrade, pareilles à des athlètes de foire en représentation, des sous-préfets d'arrondissement aux comices agricoles. Il voulait ses *Bourgeois* de plain-pied, campés sur un mince plancher de bronze jeté à même la terre.

Le tombeau de Philippe Pot, seigneur de la Roche-Pot, sénéchal du duc de Bourgogne, puis conseiller du roi Louis XI vers la fin du XVe siècle, visité pendant une étape à Dijon, dont il ne connaissait auparavant qu'une image gravée, l'avait bouleversé. Dans la salle mal éclairée, silencieuse, où l'ensemble funéraire était conservé, il avait vu s'avancer vers lui huit moines drapés de noir, portant à l'épaule le gisant d'un chevalier en armure. En s'effaçant sur le côté, comme si leur procession l'avait exigé, il avait essayé d'apercevoir sous les amples capuchons les visages des pleurants. La grandeur et la mort passaient à hauteur d'homme. Ses *Bourgeois* s'en souvenaient.

À force de vaquer dans leur voisinage, de les contourner tandis qu'il travaillait sur d'autres sujets, ses six statues lui paraissaient des passagers du temps débarqués là, nobles habitants des courants d'air chez lui assignés à résidence. Il arrivait qu'il leur parlât. La nuit venue, il les imaginait quitter la pose, se promener dans le parc désert, converser avec les marbres, puis reprendre place avant le jour. Spectres tranquilles au cœur de Paris, ils attendaient sans impatience de revenir dans leur bonne ville, auprès de leurs concitoyens.

Quand Omer Dewavrin était venu assister aux obsèques de Sadi Carnot, assassiné par un anarchiste italien en juin 1894 à Lyon, Rodin lui avait dit qu'en des temps troublés, hantés par le démon de la discorde, les *Bourgeois* donnaient l'exemple de la fraternité et du civisme. Pour produire l'effet souhaité sur le public, les coudes des vivants devaient frotter ceux des morts, leurs regards se croiser, leurs doigts se joindre s'ils le voulaient. Dans la ville moderne, au milieu des piétons affairés, des badauds du dimanche, les riches bourgeois iraient vers leur fin les pieds nus, comme des pauvres. Cette humiliation était leur honneur, elle était la gloire des vaincus et le ferment de leur revanche.

Le maire avait été ébranlé par l'éloquence de l'ours, soulevé par son rêve, mais n'avait su faire quitter aux notables le rivage de l'habitude. Il leur était impossible de concevoir que tant d'art ne fût pas proclamé par élévation au-dessus des têtes. Cela s'était toujours fait ainsi, Grecs et Romains ne procédaient pas autrement. Dans les églises, dans le hall de l'hôtel de ville, au musée, aux carrefours, sur les places, on levait les yeux pour admirer les fresques, les sculptures, les ornements, les vitraux. Ainsi convenait-il de saluer la beauté et les vertus exemplaires. Ainsi pouvait-on en recevoir la bénéfique influence. Les uns songeaient au ciel des Idées, les autres au royaume de Dieu.

Rodin avait alors proposé au comité d'aller au bout de sa logique, d'élever très haut les six otages. Juchés sur un socle monumental de quatre à cinq mètres, plus si on le souhaitait, ils se détacheraient sur le ciel et, dans les intervalles découpés par leurs bras et leurs têtes, on verrait glisser les nuages. Il avait vu quelque chose d'approchant à Venise, devant la basilique de San Zanipolo, sur la petite place où il fallait renverser la tête pour admirer la statue équestre du *Colleone*.

Il n'avait pas davantage convaincu, la routine était la plus forte. Il insista un peu, puis renonça. Non sans amertume. Il aurait voulu s'en moquer, il en souffrait et se le reprochait. Il n'avait pas l'abnégation des artisans bâtisseurs des cathédrales, qui ciselaient avec la même ferveur le bestiaire des chapiteaux noyé dans une ombre éternelle et les rois des portails au soleil de midi. Son huit-reflets, la doublure de satin de son habit, sa canne à pommeau et les chiffres de son compte en banque avouaient sa condition, celle d'un artiste à succès de la civilisation du charbon et de l'acier. Il ne sculptait pas pour Dieu, sa foi n'était pas suffisante, il se contentait de l'éloge des hommes et de leur argent.

Parfois, il se demandait s'il était bien l'artiste qui avait sculpté ces six figures. Il n'aurait pas su les refaire, il ne savait plus comment il les avait faites. L'avait-il jamais su ? Son œuvre lui échappait. Ce que ses amis appelaient son génie n'était qu'une énigme dont il cherchait en lui-même les contours, à tâtons. Il regardait ses mains, ses doigts, comme un prolongement mystérieux de son esprit. Cet assemblage de petits os et de cartilages sous le fin réseau des muscles et des nerfs, sous la peau épaissie par l'âge, polie par le travail, savait toujours ce qui était bien, ce qui serait beau, émouvant, et trouvait le moyen de le représenter. Ses mains travaillaient, habiles et précises. Elles avaient la foi.

Ses *Bourgeois* lui échappaient encore lorsque les visiteurs, déconcertés par l'étrangeté du groupe, fascinés par le ballet immobile de ces six figures, lui livraient leurs impressions. Des dames s'attendrissaient sur le visage de Jean de Fiennes, regrettaient avec lui la jeunesse et la grâce sacrifiées – certaines en avaient les larmes aux yeux, d'autres rougissaient –, des hommes disaient quelques mots d'éloge puis se taisaient en songeant aux années leur restant à vivre. Un général était demeuré un long moment devant Jean d'Aire. Il avait demandé à Rodin s'il était possible d'acquérir une épreuve du buste, à ses yeux la représentation du courage viril, de l'héroïsme dans son expression la plus simple, la plus âpre. Les gens pouvaient bien se représenter tout ce qu'ils voulaient, s'ils étaient émus, l'œuvre avait agi.

La municipalité ferait comme elle l'avait décidé pour le socle, elle ferait aussi à sa guise pour l'emplacement. Après un nouveau voyage à Calais, il avait esquissé le vœu que son groupe fût installé sur la place d'Armes de la vieille ville, là où les six otages, au son du tocsin, s'étaient réunis avant de se mettre en marche vers le camp des Anglais. Son idée était de restituer dans le Calais contemporain une scène du passé puisque, sculpteur, il était l'homme de ce qui demeure. Le groupe serait comme un bloc de réalité, une scène remontée du fond de la mémoire, prenant place à l'endroit exact où l'événement avait eu lieu. Les coulures, la patine, l'encrassage, le polissage qui souligneraient de saison en saison les creux et les saillants du bronze, seraient les traces de son voyage dans les siècles.

Ce fut à peine débattu : le monument serait érigé sur l'emplacement des anciennes fortifications, à la jointure de l'antique cité et de l'ex-ville de Saint-Pierre, devant l'hôtel des postes récemment construit, en lisière du jardin Richelieu, petit parc planté et nommé en souvenir de l'homme d'État qui avait bastionné la ville contre les entreprises anglaises. D'un mandat à l'autre, à dix ans de distance, Omer Dewavrin avait de la suite dans les idées. L'engagement pris en 1884 serait respecté et le nouveau monument scellerait l'accord historique entre les cités réunies par la loi. L'exactitude géographique n'était pas une donnée politique, le geste symbolique, oui.

Renversé dans un fauteuil d'osier, ses longues jambes appuyées sur la balustrade de la terrasse, Omer Dewavrin regardait entre ses pieds le soleil descendre sur la mer. La journée avait été harassante, il n'en pouvait plus. Rentré chez lui, il avait ôté ses souliers, massé ses orteils que la chaleur de juin, les trépignements sur l'estrade et les allers et retours sur la place poussiéreuse avaient fait gonfler. L'air vif de Wimereux lui faisait du bien. Il avait pris le dernier train, après avoir raccompagné vers la gare dans l'après-midi le ministre et ses collaborateurs. Rodin aussi était reparti, après avoir décliné l'invitation de Léontine à passer la fin de semaine chez eux, parce qu'il était accompagné de Gustave Geffroy et Octave Mirbeau. C'était dommage, mais au fond, trois jours de manifestations, spectacles, compétitions sportives et cérémonies l'avaient saturé de relations avec ses semblables. Ses mains étaient moulues d'en avoir tant serré, les commissures de ses lèvres endolories d'avoir souri sans trêve, son dos rompu par d'interminables stations debout. La solitude enfin, se taire près de sa femme et de ses enfants, un monde d'habitudes dans la maison, le détendaient autant que la respiration de la Manche à marée montante et les gémissements de leur vieux chien qui rêvait, couché près de lui.

Les fêtes étaient réussies, même les élus de l'opposition le reconnaissaient. Le beau temps d'un été précoce, la fermeture exceptionnelle des écoles, l'arrêt du travail dans les ateliers ; les gens avaient pu profiter nombreux des manifestations organisées par la municipalité. Sur les fossés comblés des remparts abattus dix ans plus tôt, la population s'était massée pour voir enfin le représentant du gouvernement inaugurer ce monument des *Bourgeois de Calais* dont on parlait depuis dix ans. Le silence au moment où il avait saisi le cordon et fait glisser le drap voilant les statues depuis la veille, le murmure de la foule après qu'il était tombé, quelques exclamations et puis les applaudissements, nourris et prolongés. La fanfare avait enchaîné. Oui, un grand jour, et qui ferait date dans la chronique de Calais.

Cela n'avait pas été sans mal et jusqu'au bout le maire avait dû se battre. Le fondeur ayant fait faillite, Rodin hésitait encore sur le choix de son successeur alors que la date de l'inauguration était fixée. Pour l'obliger à décider, Omer Dewavrin, qui n'y connaissait rien, avait dû commencer lui-même la prospection et le mettre en demeure.

Enfin, les grands plâtres sortis de l'atelier, le processus qui coulait le métal dans le rêve fut accompli.

La préparation de la cérémonie comporta son lot de déboires, un incident faillit même la remettre en cause. Alors que ce 3 juin 1895, lundi de Pentecôte, était prévu, à défaut du président de la République, le déplacement de deux membres importants du gouvernement, Georges Leygues, ministre de l'Intérieur, et Raymond Poincaré, ministre de l'Instruction publique, le maire avait été informé au dernier moment que seul un haut fonctionnaire, l'inspecteur général des musées départementaux, serait présent. Une catastrophe ! Les affiches mentionnant la participation des deux autorités étaient déjà placardées dans toute la ville. Il avait aussitôt fait part de son indignation au préfet par télégramme, en le prévenant que beaucoup des élus et des responsables des activités économiques et commerciales du département bouderaient la manifestation et protesteraient contre l'humiliation infligée aux Calaisiens et aux institutions locales.

On n'avait pas pris en haut lieu la mesure de l'événement. Le préfet alerta le cabinet, l'affaire remonta jusqu'au président du Conseil. Il fut décidé que le ministre des Colonies, Émile Chautemps, ferait le déplacement. Le rapport entre son portefeuille et les *Bourgeois* n'était pas évident, mais l'autorité requise s'était montrée aimable et disponible avec tout le monde, en particulier le maire, félicité dans le discours officiel pour la part décisive prise dans l'érection du monument, « orgueil de la France et de la République ». Au cours du banquet, le ministre avait dit à son hôte que l'efficacité de l'action municipale lors de l'épidémie de choléra avait été remarquée à Paris et citée en exemple. Omer Dewavrin serait dans la prochaine promotion de la Légion d'honneur.

La nuit montait depuis la mer noyée d'ombre. Il aurait tout de même aimé savourer la paix de cette soirée près de Rodin, en sa compagnie chasser la fatigue dans la fumée d'un cigare, d'une bouteille de champagne de sa cave se nettoyer l'estomac du mousseux du buffet officiel et commenter la journée. Ils n'avaient guère eu le temps de se parler. C'était toujours pareil, ces cérémonies d'inauguration. Les autorités échangeaient quelques mots convenus avec l'artiste ou l'architecte, puis traitaient les affaires pendantes entre partenaires habituels. Rodin avait un peu retenu le représentant du gouvernement ; sans doute un nouveau projet, une nouvelle perspective de commande publique. Léontine lui avait présenté les dames de Calais qui l'avaient accaparé. De temps en temps, le maire regardait du côté de son ami, la barbe charmeuse sous les ombrelles. Après avoir recueilli les propos du sculpteur, les journalistes avaient entouré Geffroy et Mirbeau, leurs confrères parisiens. Oui, cela avait été une belle journée. Les choses s'étaient arrangées naturellement. Il y avait eu de petits tableaux historiques, l'arrivée de la course cycliste Lille-Calais ; la fanfare avait joué *La Marseillaise*, un poète, fonctionnaire de l'administration municipale, avait lu des alexandrins. Tout était vraiment bien. *Les Bourgeois* sur leur socle attendaient leur première pluie.

Repassant devant eux sur le chemin de la gare, Omer Dewavrin s'était arrêté sur la place vide. Les drapeaux enroulés sur les hampes, les programmes piétinés, les cornets souillés et les papiers froissés autour de l'estrade dépouillée de ses ornements, disaient mieux que le silence la fin de la fête. Rodin avait peut-être raison, ce piédestal était trop élevé. Les six héros semblaient errer dans le vide. La grille de square dont on avait enclos le monument les protégeait d'on ne savait quoi. Elle était mesquine, inutile. Omer Dewavrin se disait qu'il aurait au moins dû éviter cela. S'il était encore en mesure de le décider, dans quelques années, il la ferait enlever.

Au moment précis où cette éventualité lui traversait l'esprit, il fut certain qu'il ne se représenterait pas. Il était las, ses chaussures neuves le blessaient. Il avait cinquante-huit ans et, ce soir, se sentait vieux. Il lui restait quelques belles années à vivre, plus d'argent que nécessaire pour installer ses enfants : il voulait faire quelques voyages, retourner dans les Alpes, en Italie, séjourner plus longtemps à Wimereux, y vivre, voir passer les saisons sur la mer et son jardin, chaque saison, avec ses variations, du début à la fin, faire pousser des tulipes, des iris, tailler et fixer la glycine en auvent au-dessus de la porte. C'était l'endroit où il respirait le mieux, où sa femme était heureuse, où ses enfants reviendraient plus tard avec leurs propres enfants. Il allait réserver un emplacement au cimetière de la petite ville, sur sa hauteur, y faire dresser un caveau. C'était décidé. Demain, ses adjoints seraient informés qu'il mettrait à profit les prochains mois pour boucler ses derniers dossiers et préparer sa succession. Il rendrait son écharpe l'an prochain.

Oui, ce piédestal était trop haut. On avait traité les *Bourgeois* à la manière des statues érigées aux carrefours en l'honneur des grands hommes. On s'était trompé, il s'était trompé lui aussi en suivant la tradition et l'opinion commune. Maintenant que dans la douceur de la soirée les six figures semblaient abandonnées sur leur pavois, il entendait leurs reproches. Elles n'étaient pas venues au monde pour l'admiration des foules, mais pour retenir qui savait voir, et lui parler. Il n'avait pas d'excuse. Il avait assisté à leur naissance, à l'évolution de leurs formes. Parmi les premiers, il avait subi l'envoûtement de l'étrange chorégraphie. On restait devant elles, on en faisait lentement le tour, marchant le regard rivé sur ces bras, ces mains, ces pieds, ces visages. On pivotait dans un mouvement doux et impérieux, irrésistible. Une valse lente. L'ordre des choses était renversé : l'inerte animait le vivant. L'œuvre ne ressemblait à rien de connu. Où est-ce que Rodin avait été chercher cette force et comment ses mains l'avaient-elles communiquée à la matière ? D'où cela venait-il ?

Octave Mirbeau disait que la lecture de la chronique de Jean Froissart avait été déterminante. La langue du Moyen Âge avait une vigueur, une puissance de suggestion, que le français moderne avait perdues, au profit peut-être de l'élégance et de la précision. Là, les abstractions étaient rares, le mot tenait à la chose. Le texte avait un caractère concret, rugueux, âpre, hérissé que l'on retrouvait dans le groupe. Sans emprunter au pittoresque de l'ancien temps, Rodin en avait produit une expression étonnante. Le sculpteur avait bâti une cathédrale. Est-ce que c'était beau ? Rien de ce qu'appréciait Omer Dewavrin ne l'avait préparé à aimer les *Bourgeois*, mais il les aimait, comme une forme lentement mûrie de son âme.

Le maire continuait d'être surpris par l'évolution de l'opinion sur le groupe. Après une réaction de rejet, il avait tant bien que mal été accepté tel que l'avait conçu son ami. Sa femme, avec lui, avait travaillé dans ce but, mais leurs efforts n'expliquaient pas tout. L'œuvre, dans sa radicalité, avait une capacité de persuasion étonnante. Des critiques continuaient de s'exprimer ; il avait entendu après l'inauguration des gens trouver les pieds et les mains trop gros, disproportionnés, les gestes convulsifs à l'excès, mais la majorité avait admiré. Le charme avait opéré. Il avait vu les gens faire, comme lui, le tour des *Bourgeois*, le visage renversé, les yeux vers le ciel. Perdus dans leur contemplation, ils se bousculaient et se réveillaient comme d'un songe.

Pas de piédestal. Rodin avait raison : il fallait que les vivants et ceux qui viendraient après eux, en contemplant ces six hommes devant la mort, se vissent eux-mêmes devant leur propre mort. Il fallait, comme lui ce calme soir d'une fête révolue, traversant cette place de Calais et frôlant *Les Bourgeois*, que le sentiment de la brièveté de la vie les traversât. Non pour les humilier, mais pour qu'ils sentissent en eux l'honneur de vivre, sachant qu'ils allaient mourir.

La nuit était sur la mer. Des points lumineux signalaient des navires et, au nord, plus vif, plus ample, le phare du cap Gris-Nez. Omer Dewavrin s'était levé. Accoudé à la balustrade, il tirait de son cigare les dernières bouffées avant de rentrer. De sa vie, tout était en place. Elle finirait devant ce paysage. On entendait le ressac ; de l'intérieur de la maison venaient les voix de sa femme et d'un des garçons, derniers mots avant le coucher. Le train de Paris, chargé d'Anglais, siffla en longeant Wimereux. Ils seraient à l'heure pour la malle de Douvres. Le port neuf de Calais avait beaucoup augmenté son trafic. Il embauchait.

Le chien se redressa et vint appuyer sa tête contre la jambe de son maître. La fatigue, la douceur de l'air, son parfum salé, la chaleur de l'animal ; il y avait longtemps qu'il ne s'était senti si heureux d'être vivant, si tranquille. Il rentra, ferma les volets, la croisée et tira le rideau. Demain, le soleil levant allongerait devant la poste de Calais six figures de bronze qui n'y seraient pas si Omer Dewavrin n'avait existé.

> « Car nous ne sommes que l'écorce, que la feuille,
> mais le fruit qui est au centre de tout,
> c'est la grande mort que chacun porte en soi »
>
> Rainer Maria Rilke

Cognant, grinçant, les grues déchargeaient du coke des péniches amarrées rive gauche. Énormes crocodiles vautrés sur la rive droite, les usines fumaient dans l'air bleu de la fin de l'été. Le bateau descendait la Seine. Léontine Dewavrin avait embarqué à hauteur du pont de l'Alma. Son dernier fils, un tout jeune homme, long et mince, une ombre de moustache, l'accompagnait. Comme elle vêtu de noir, un brassard de deuil en satin à sa manche gauche. Le vendeur des billets leur avait dit de descendre à la station suivant le quai d'Issy, après le restaurant À La Pêche Miraculeuse. Sur les talus maintenant en herbe les gaules étaient nombreuses, les bouchons dérivaient sur l'eau épaisse. Quand ils aperçurent la longue enseigne courant sur la galerie de la guinguette où quelques Parisiens prolongeaient un déjeuner tardif, ils quittèrent leur banc et se rapprochèrent de la sortie. Le bateau toucha l'embarcadère du Bas-Meudon. Le marinier fit glisser la passerelle sur les planches.

Rodin avait envoyé sa voiture et son cocher attendre Mme Dewavrin, comme ils en étaient convenus par télégramme. Son mari mort l'année précédente, au mois de juillet 1904, elle avait accompagné à Paris son cadet qui passait le concours d'inspecteur des finances. Prévenu, le sculpteur les avait invités à visiter son salon d'exposition et à dîner chez lui, dans sa villa de Meudon. Il avait emménagé dans cette commune de proche banlieue à la fin de l'année 1893, un peu avant l'inauguration des *Bourgeois*, et y vivait comme à la campagne, à quelques minutes de Paris et de ses ateliers par le train ou la navette fluviale. Sa maison se trouvait en haut du coteau que le cheval montait au pas. Passé le vieux village de Meudon, s'étirait le long de la route un semis de constructions neuves, résidences à jardinets de petits propriétaires et débits de boissons pour citadins en quête de bol d'air. La carriole atteignit des vergers et des jardins, quelques arpents de vignes pas encore arrachées. Entre les arbres fruitiers, paissaient des vaches.

On n'entendait plus que les oiseaux et les aboiements frénétiques d'un chien qui accourait. Du bout de son fouet le cocher désignait, derrière des palissades, la haute toiture d'ardoise d'une maison : la villa des Brillants où les attendait, leur dit-il, le secrétaire du maître.

M. Rilke était devant le portillon. Il l'ouvrit, et leur céda le passage, révélant au bout d'une allée de marronniers une curieuse construction, un pavillon de style Louis XIII, de briques et de pierres, mal proportionné, le corps trop étroit pour l'imposant toit à fortes pentes. Un parc aux limites indécises l'entourait. Des allées ratissées, des parterres fleuris d'asters, de dahlias, des rosiers bien entretenus, peu d'arbres pour préserver la vue sur Paris. On voyait la capitale en entier et la Seine qui la traversait, et tout autour les collines boisées ; à leur pied, de gros villages, des faubourgs industrieux, informes, coupés par les lignes de chemin de fer, des routes blanches qui fuyaient. En tournant vers le sud, le regard butait contre le dur moutonnement de la forêt de Meudon.

Le secrétaire, un trentenaire très mince, à barbiche, de gros yeux bleus à fleur de tête, en leur faisant une conversation de courtoisie les conduisit jusqu'au maître. Son français que faisait chanter un doux accent allemand était parfait. Il venait d'Autriche, aimait la France comme sa seconde patrie. Il les fit entrer dans un vaste bâtiment auquel un péristyle à colonnes coiffées d'urnes donnait des allures de temple grec. Mme Dewavrin savait que le sculpteur était devenu très riche, elle n'imaginait pas que ce fût à ce point.

Du sofa sur lequel il feuilletait un livre en les attendant, Rodin se leva et s'avança avec une vivacité que son embonpoint et ses courtes jambes rendaient surprenante. Il pressa les deux mains de Léontine Dewavrin et l'embrassa. Puis, ayant considéré le fils, un garçonnet du temps de ses voyages à Calais et Wimereux, il loua sa haute taille, ses épaules larges, à la ressemblance de son père. Il regretta et s'excusa encore une fois de n'avoir pu se rendre à ses obsèques à cause d'un des trop nombreux voyages à l'étranger que son activité et sa notoriété exigeaient de lui. Il la remercia d'avoir accepté son invitation, de lui avoir amené un de ses enfants. Il avait ainsi l'impression de recevoir son vieil ami et de s'acquitter un peu de sa dette auprès de la famille. Toutes ces gentillesses étaient dites d'un même souffle chaleureux par Rodin, avec un brusque empressement. Le nom d'Omer Dewavrin était répété fréquemment, comme s'il espérait être entendu de lui, là où il était, et parce que sa veuve avait désormais plus de joie que de chagrin à l'évoquer.

Léontine Dewavrin avait tout de suite aperçu le moulage des *Bourgeois* au centre des œuvres méthodiquement exposées, comme dans un musée. Les six figures familières lui semblaient occuper la meilleure position, une place de choix dans la collection du maître. Elles recevaient à flots la vive lumière dont les baies inondaient la salle et semblaient y baigner leurs membres et leurs têtes. Ces vivantes images de l'angoisse des otages, si impressionnantes sur la grand-place de Calais, lui paraissaient ici presque sereines, apaisées.

Rodin leur fit les honneurs du salon d'exposition où il avait reçu des princes, des duchesses et des ministres, sans compter les nombreux écrivains, peintres, musiciens et autres artistes montés jusqu'ici. Il citait des noms, qu'il déposait comme un hommage devant la veuve du notaire et ancien maire de Calais. Rodin s'attarda devant *Les Bourgeois* dans l'intention manifeste de faire plaisir à Mme Dewavrin et à son fils. Pour lui, c'était de l'histoire ancienne. Il parla avec plus d'animation de *La Porte de l'Enfer*, toujours pas livrée à l'État. Puis il leur proposa de sortir pour faire avec lui le tour du parc, tant que le soleil était encore haut. Il baissait vers la colline de Saint-Cloud.

Le petit groupe faisait halte dans chacune des parcelles dont avait été composée au fil du temps la propriété. C'était une campagne en réduction. Là se trouvait un cheval, celui qui les avait transportés, ailleurs deux vaches, un âne, une chèvre, d'autres chiens, rois de la propriété. Les visiteurs crurent voir un singe sauter d'un pommier à un autre. Il y en avait un, en effet, une guenon assez farceuse que soignait Rose Beuret. Le secrétaire souriait d'un air complice en regardant filer l'animal vers un gros tilleul. Un coq chanta. Ils passèrent devant une forme étrange, une sorte de menhir en meringue prolongé d'une tête sans cou, énorme, monstrueuse, sous le casque d'une chevelure de sauvage, comme enduite de boue. C'était si laid que Mme Dewavrin n'osa demander ce que c'était à son hôte. Ce fut Rilke qui nomma Balzac.

La statue qu'avait refusée avec fracas la Société des gens de lettres avait donc échoué là. Le scandale dont elle avait suivi les péripéties dans la presse avec son mari, surprise et attristée, incrédule, prenait sens. Elle se souvenait du mot d'un écrivain hostile qui qualifiait Rodin de « Michel-Ange du goitre ». C'était bien vu, autant qu'elle pût en juger. Elle ne comprenait pas l'admiration témoignée par le secrétaire à ce qu'il venait de qualifier de génial, de révolutionnaire. Omer, peut-être, aurait compris. Il ne s'était pas trompé pour les *Bourgeois*. Elle ne fit pas de commentaire et s'efforça de dissimuler son embarras à l'aimable Autrichien qui contemplait avec ravissement cette chose.

À l'heure de dîner, ils revinrent vers la maison où Rodin les précéda. En les faisant entrer, il appela quelqu'un qui parut tout à coup au bas de l'escalier. Si le sculpteur ne l'avait présentée comme sa compagne, Léontine Dewavrin aurait pris Rose Beuret pour la bonne. De longs cheveux gris négligemment rassemblés en chignon, une robe de prix flottant sur son maigre corps, elle opposait une mine revêche à des convives qu'elle semblait subir. Ses yeux brillants, enfoncés dans leurs orbites, fixaient avec méfiance l'invitée. Pendant le repas, elle se levait, toujours muette, pour assurer le service avec des gestes brusques. Rodin faisait comme si elle n'était pas là et soutenait la conversation. Il s'excusa de rendre si tard et si incomplètement la généreuse hospitalité autrefois offerte à Wimereux. Il pensait souvent à la longue plage où il était si agréable de marcher à marée basse, à la vue sur la mer depuis la belle villa. Il aurait aimé y revenir, s'il n'avait pas été si accablé de travail et d'obligations.

Rilke écoutait et remplissait les verres, eau et vin. Rodin, écorchant son nom, l'avait présenté comme un poète qui écrivait un livre sur lui. Il semblait n'y attacher aucune importance. Le silence de Rose Beuret gênait

Mme Dewavrin qui avait en vain essayé d'engager la conversation. Mais quand son cadet, à l'invitation de l'hôte, fit part de ses projets professionnels, la maîtresse de maison intervint. Elle approuvait son désir de devenir fonctionnaire, de s'occuper des impôts et de l'argent de l'État. Il aurait de quoi assurer une vie heureuse à sa famille. C'était ce qu'elle aurait fait si elle avait été un homme instruit. Rodin grogna. Dès lors, elle fut agréable. Elle souriait, il n'y avait plus trace de tristesse dans ses yeux. Comme rajeunis, ils brillaient.

La salle à manger était exiguë, mais une fois assis, on s'y sentait bien. Des poires répandues à même la nappe blanche diffusaient l'odeur fraîche du jardin. Un petit hermaphrodite de marbre au centre de la table attirait et retenait les dernières lueurs du jour. Rodin en parlant de sa passion pour l'art perdu de la Grèce antique caressa le creux de ses reins, ce qui fit rougir l'étudiant. On apercevait dans le couloir et dans le salon adjacent des tableaux posés au sol contre les murs presque nus.

Rodin demanda des nouvelles des autres enfants, de Calais, des élus et personnalités qu'il connaissait. Il fut heureux d'apprendre que beaucoup de voyageurs anglais et belges faisaient étape dans la ville pour admirer les *Bourgeois*, une source de fierté pour la plupart des Calaisiens, même ceux encore hermétiques à l'œuvre. Les gens se faisaient prendre en photo devant eux, une gageure parce que le socle était trop haut. On parlait de l'abaisser. Rodin se mit à rire. Il roulait de la mie de pain entre ses doigts. Il reparla d'Omer Dewavrin, raconta quelques anecdotes, leurs déjeuners dans les brasseries parisiennes, leurs visites dans les bureaux ministériels, l'inauguration du monument des *Bourgeois*. De son œuvre, le sculpteur parlait avec une sorte de détachement accordé à cette maison sans luxe et peu meublée, comme si le propriétaire n'était que de passage.

Au roi de Belgique qui venait d'acquérir un exemplaire du groupe pour son musée à Bruxelles, Rodin avait recommandé de le surélever le moins possible. Celui présenté dans les collections du musée royal de Copenhague depuis deux ans était à la hauteur du public, conformément à son souhait, et produisait le meilleur effet. Des institutions ou des mécènes d'autres pays désiraient aussi en faire l'acquisition. C'était flatteur pour lui, pour l'art français, mais il veillait à ce que la reproduction restât exceptionnelle. Les *Bourgeois* ne pouvaient être un objet manufacturé de luxe. Il était surpris du succès international d'une œuvre commandée par une petite ville française pour célébrer à l'endroit où il avait eu lieu un événement local. En tout cas, Omer Dewavrin serait content et fier de voir ses *Bourgeois* peupler le monde.

Rodin tira une lettre d'une poche de sa veste et, après avoir ajusté ses lunettes, la déplia. Datée du 9 janvier 1903, elle était la dernière reçue de son ami. Il se racla la gorge et commença de lire en s'appliquant à parler distinctement :

« Mon cher Maître,

Je rentre de voyage, c'est pourquoi j'ai trop tardé à répondre à votre amical souvenir et à vos vœux de bonne année. Je vous souhaite de mon côté tout ce qui peut contribuer à votre bonheur : vous avez la gloire que Dieu vous donne, la santé et les plébiscites des commandes.

Nos bourgeois se dressent toujours impérieux : insensibles aux injures du temps comme aux idiotes réflexions des imbéciles, qu'ils écrasent de leur dédain.

Un jour viendra où ils seront compris. Je vais très très rarement à Paris, l'âge me rend casanier, mais je me promets bien à mon prochain déplacement de prendre 24 heures de plus et de vous demander quelques heures pour revenir un peu dans le passé.

Je croyais que l'administration avait fait évacuer sans raison bien entendu ou plutôt à contre raison tous les ateliers du dépôt des marbres. Je vois avec plaisir que vous n'êtes pas un expulsé et que je pourrai vous y trouver à l'occasion.

Affectueusement à vous

Omer Dewavrin »

En ôtant ses lunettes, Rodin dit que cela n'avait pu se faire. Ils ne s'étaient pas revus. Rose Beuret posa sur la table une tarte aux mirabelles préparée par la cuisinière le matin. Le sculpteur n'y goûta pas mais demanda à Rilke de lui passer une des poires. Il la fit rouler dans sa main avant de la découper et, de la pointe de son couteau, en porta à sa bouche les morceaux.

Le poète, silencieux jusqu'alors, prit la parole. Il savait le rôle capital d'Omer Dewavrin dans la réalisation des *Bourgeois*. Il était bien naturel que Calais et la France lui rendissent hommage. L'Autrichien considérait que l'humanité entière lui était redevable. Il n'était pas surpris que tant de pays étrangers eussent le désir d'installer ce monument sur leur sol. Il exerçait une fascination immédiate et universelle car aux gens il parlait d'eux-mêmes, de leur mort au bout de la vie. Il rassembla son propos dans une longue phrase étrangement belle qui saisit au cœur chacun des convives. Rodin rejeta dans son assiette le trognon de poire et lampa le bourgogne resté au fond de son verre.

La nuit tombait lorsqu'ils quittèrent la table. Un halo vaporeux nimbait le rebord de la terrasse. Avant de rentrer à l'hôtel où le cocher devait les reconduire, Mme Dewavrin souhaita voir les lumières de Paris. Ils traversèrent le parc. Le bruit du gravier dans la pénombre tiède était cristallin. Les bêtes frémissaient à l'approche de leur maître. Les arbres se détachaient contre l'horizon, le dessin de leurs feuilles comme agrandi. Il faisait bon.

À leurs pieds, Paris était un incendie contenu par les grands lacs des forêts. Rodin désignait l'emplacement des principaux monuments, là où se trouvaient ses ateliers, où il avait conçu telle ou telle œuvre, où il avait habité, où il avait grandi, où il était né. Léontine Dewavrin prit son fils par le bras. Il se souviendrait. Rien n'égalerait ce legs qu'il devait à son père.

Revenant vers la carriole stationnée près de la maison, prête à partir, elle sentit une présence. Elle s'arrêta, se tourna de côté et vit l'énorme et sombre silhouette du *Balzac* orientée vers Paris. La lune s'était levée, les ombres jouaient avec les ombres. Frappée de stupeur, elle se figea. Jamais visage ne lui avait paru plus humain, plus vivant. Surgi de la nuit, il les regardait, et le monde derrière eux.

Ce roman est inspiré de la correspondance entre Auguste Rodin et Omer et Léontine Dewavrin, 159 lettres et télégrammes – dont quelques-uns* sont proposés ci-après (orthographe et syntaxe conservés) – publiés en 1977 dans le catalogue de l'exposition *Auguste Rodin. Le Monument des Bourgeois de Calais (1884-1895) dans les collections du musée Rodin et du musée des Beaux-Arts de Calais.*

L'auteur remercie Véronique Mattiussi et le personnel du musée Rodin pour l'accueil efficace et chaleureux qu'ils lui ont réservé.

* Source : Archives du musée Rodin.

[3 novembre 1884]

Auguste Rodin à Omer Dewavrin

Monsieur le Maire,

Depuis que j'ai eu l'honneur de votre visite, je me suis occupé du monument, et j'ai eu la chance de rencontrer une idée qui me plaît et dont l'exécution serait originale je n'ai vu nulle part une disposition donnée par le sujet, et qui soit plus complètement particulière; ce serait d'autant mieux que toutes les villes ont ordinairement le même monument à quelques détails près.

Je vais donc faire une esquisse en terre, que je ferai photographier, et je vous serai obligé, si vous m'encouragez, en m'assurant de toute votre influence.

Veuillez agréer, Monsieur le Maire, l'expression de mes sentiments distingués.

A. Rodin

182 rue de l'Université

3 novembre 1884

[23 novembre 1884]

Omer Dewavrin à Auguste Rodin

Calais 23 novembre 1884

Monsieur,

J'ai reçu votre esquisse en plâtre et je vous en remercie. Vous avez rendu l'idée d'une façon saisissante et tout à fait héroïque. Recevez toutes mes félicitations. Si nous parvenons à exécuter ce monument, il sera unique.

Tous ceux qui voient le groupe sont immédiatement empoignés. mais la réflexion qui suit est que cela coutera bien cher.

Je vous prie de me faire une évaluation complète de la dépense à faire et de m'indiquer les proportions.

Actuellement nous poussons à la souscription. C'est la notre nerf.

Avant de pousser plus loin votre travail il faudra que vous veniez jusqu'ici pour vous rendre compte des lieux. Aussitôt que j'aurai votre réponse je consulterai le Comité.

Vous voudrez bien me dire aussi ce que couterait l'exécution d'une maquette de proportion double.

Votre tout dévoué

Om Dewavrin

[13 janvier 1885]

Omer Dewavrin à Auguste Rodin

13 janvier 1885.

Monsieur

Le Comité a decide de vous prier de faire la maquette double d'exécution de l'esquisse que vous avez bien voulu nous envoyer.

Il est bien entendu que si vous n'étiez pas chargé du travail définitif, il vous serait payé la somme de deux mille francs pour ce travail.

Je dois vous dire qu'il ne tiendra pas à moi que vous ne soyez choisi.

Je crois que vous ferez bien de venir jusqu'ici.

Votre dévoué

Om Dewavrin

[24 janvier 1885]

Télégramme d'Omer Dewavrin à Auguste Rodin

CONSEIL A APPROUVE HIER COMMANDE FERME DU COMITE MOYENNANT 15 000 FRANCS.

DEWAVRIN

*

[24 janvier 1885]

Omer Dewavrin à Auguste Rodin

24 Janvier 1885

J'ai l'honneur de vous confirmer ma dépêche de ce jour vous informant que le Conseil municipal, dans sa séance d'hier a ratifié la décision par laquelle le Comité du Monument Eustache St Pierre vous confie l'exécution du projet moyennant 15 000 francs.

A mon retour des élections senatoriales d'Arras, je vous adresserai un marché à souscrire.

Veuillez agréer, Monsieur, l'assurance de mes sentiments distingués.

Le Maire de Calais,

Om Dewavrin.

[26 janvier 1885]

Auguste Rodin à Omer Dewavrin

Je suis heureux ce beau monument je l'ai grâce à votre énergique Sympathie, tout reconnaissant.

Rodin

*

[26 janvier 1885]

Auguste Rodin à Omer Dewavrin

Cher Monsieur Dewavrin,

Je vous suis tout reconnaissant et j'espère bien que l'occasion de vous le témoigner ne tardera pas.

J'espère aussi que malgré vos occupations si diverses et si importantes, vous voudrez bien passant à Paris me faire l'honneur de suivre mon travail et de venir quelque fois à l'atelier.

Peut-être que ayant quelques heures à dépenser vous voudrez bien venir. J'esquisserai votre portrait et peut-être qu'un peu de temps de plus nous le terminerions.

Cette commande ferme de 15000 francs est pour mon modelage.

J'espère que votre influence qui m'est plus que jamais indispensable me fera compter en marge les frais de moulage en platre et aussi de modèle mise aux points armature, etc.

Agréez, Monsieur le Maire, l'expression de ma considération distinguée et de mon entier dévouement.

A. Rodin

26 Janvier 1885

Si au printemps les jours longs vous étaient plus favorables, je pourrais venir à Calais quelques jours et je terminerai votre buste s'il vous était impossible de venir à Paris.

[30 janvier 1885]

Omer Dewavrin à Auguste Rodin

Calais 30 Janvier 1885

Monsieur,

Il serait désirable que vous obteniez dans le plus bref délai possible la souscription *personnelle* de M. Waldeck-Rousseau

Cette souscription déciderait le préfet à la montrer ; jusqu'à présent il est resté dans l'expectative parce que le Conseil Municipal de St Pierre a ajourné sa souscription jusqu'*après la réunion*.

La municipalité de St Pierre eut voulu qu'on lui laissat l'initiative ; elle aura la gloire de terminer cette œuvre cela devrait leur suffir.

Avez-vous commencé à travailler ?

Votre dévoué

Om Dewavrin

[18 mai 1887]

Léonie Dewavrin à Auguste Rodin

Calais 18 Mai

Mon cher Monsieur Rodin

Je suis tout attristée de votre lettre et voudrais être auprès de vous pour vous remonter et ranimer votre courage…

Comment avec votre génie et au moment de toucher au but vous allez vous laisser décourager par quelques difficultés d'argent…

Allons donc !… Examinons ensemble comment sortir de cette impasse. Tout d'abord mon mari à qui j'ai reproché de n'avoir pas répondu à la proposition si avantageuse de Mr Thiebaut, m'a dit qu'il avait toujours attendu espérant saisir une occasion de demander une avance à la ville. La discussion sur le budget est arrivée, et en voyant que ce malheureux budget est grévé de tant de charges qu'on parle de faire un emprunt, Mr Dewavrin a trouvé que le moment n'était pas propice. Le comité est désorganisé : l'un est mort, un autre est parti, d'autres ont assez de s'occuper de leurs affaires plus ou moins compromises, enfin tout cela n'est certainement pas gai et vous cher Monsieur et Ami, je puis même dire *nous* avons, car votre œuvre est la notre, une malchance exceptionnelle. Mais enfin il ne faut pas se laisser tomber à plat pour cela: il faut au contraire relever la tête et faire face à cette *guigne* pour la *vaincre*. Si nous n'avions pas nous même été si éprouvés par toutes ces crises, je vous dirais: nous ferons l'avance et advienne que pourra; mais mon mari n'est plus dans les affaires, vous le savez, il ne gagne plus rien par conséquent et une grande partie de notre avoir est en créances diverses. Or on ne peut faire aucun recouvrement en ce moment; vous ne pouvez pas imaginer la peine qu'on se donne pour arriver encore à ne pas être payé. Il faut attendre nous dit-on et la part du feu sera considérable! Cela ne m'empêche pas d'être philosophe, cher Monsieur, il ne faut pas passer la vie qui est courte hélas! à se faire du mauvais sang, et ce que je regrette le plus en ce moment dans cette situation, c'est de ne pas pouvoir mettre à votre disposition la somme qu'il vous faudrait pour vous rendre la tranquilité. Voyons autre chose: Mon mari demande que vous lui écriviez une lettre *officielle* comme Président du comité où vous lui exposeriez vos ennuis, vos besoins et où vous déterminerez la somme qui vous serait nécessaire. Bien entendu que cette lettre ne mentionne rien de ce que je vous dis ici, c'est pour *lire au conseil municipal*. Il serait bon de rappeler les engagements pris etc. Mr Dewavrin armé de cette lettre tachera d'obtenir quelque chose du conseil municipal seulement nous sommes aujourd'hui Mercredi, vous aurez ma lettre demain, répondez tout de suite ou plutôt écrivez la susdite lettre tout de suite afin que mon mari la reçoive Vendredi matin; la séance a lieu le soir (…).

L. Dewavrin

[28 novembre 1893]

Omer Dewavrin à Auguste Rodin

28 Nov 1893

Mon cher maitre,

Est ce que vous ne vous intéressez plus à vos glorieux bourgeois que vous ne me répondez pas.

Vous avez sans doute lu l'article de Jean Sans terre du Petit Journal qui a paru il y a 8 ou 10 jours il a fait une certaine sensation.

Je vais lui envoyer la photographie du croquis que nous avons fait et le prier d'aller voir le groupe 17 rue St Jacques

C'est bien là qu'il est toujours il n'a pas émigré?

J'espère qu'il fera un article sur le monument et son auteur.

Avez-vous lu les Thiebault?

Nous espérons inaugurer au commencement d'aout prochain.

Nous allons aussi faire une loterie qui assurera les moyens d'execution.

Ne soyez plus aussi indifférent à votre gloire, n'attendez pas que vous soyez mort pour en profiter un peu, remuez vous et répondez nous

Cordialement à vous

Om Dewavrin

[Décembre 1893]

Auguste Rodin à Omer Dewavrin

Cher Monsieur Dewavrin,

Merci de ce que vous m'annoncez que vous ferez avancer des fonds pour notre travail de Calais.

Vous pensez que j'ai perdu le feu sacré, non pas, mais j'ai plusieurs choses en train, et il faut qu'elles se fassent.

Depuis que j'ai le monument de Calais, j'y ai mis mon temps plus qu'à tout autre travail mais c'est un monument colossal, et peu en rapport avec l'idée de rapidité que l'on se fait d'un travail.

Je ne veux vous promettre rien car je pourrais manquer, mais croyez que je suis tout dévoué à cette œuvre et à vous Mon Cher Président. Vous m'avez honoré de votre amitié, et c'est une raison que j'en sois toujours digne.

Agréez, Cher Monsieur Dewavrin et présentez à Madame mes respectueuses salutations.

votre Rodin

Si vous pouvez aussi écrire à M. Thiébaut fondeur qui a été si artiste dans ses propositions ?

[8 décembre 1893]

Auguste Rodin à Omer Dewavrin

182 rue de l'Université
8 décembre 93
Monsieur le Maire

Le projet que vous m'avez fait l'honneur de m'envoyer pour l'exécution du piédestal m'a paru d'un bon aspect et bien conçu, fort et néanmoins pas lourd.

Cependant, j'avais pensé primitivement que les bourgeois quittant la place du marché, dans la confusion des adieux, seul de St Pierre (Etienne) commençait à marcher pour couper court à cette scène pénible; j'avais pensé que placé très bas le groupe devenait plus familier et faisait entrer le public mieux dans l'aspect de la misère et du sacrifice, du drame dis-je.

Il peut se faire que je me trompe car je ne juge jamais que lorsque mon œil a vu les choses en place dans l'incertitude je m'en rapporte à la Commission dont vous êtes président.

Tel que votre croquis me montre le monument, il me semble qu'il se découpera sur le ciel ayant à sa droite l'hôtel des postes, et à sa gauche le square, ce serait bien; beaucoup mieux que s'il se trouvait devant les arbres du jardin; dans ce cas, il ne se profilerait pas, et je retournerais à mon idée de l'avoir très bas pour laisser au public pénétrer au cœur du sujet, comme dans les mises au tombeau d'églises, ou le groupe est presque par terre.

Agréez Monsieur le Maire l'expression de mes sentiments dévoués.

A. Rodin

Il serait bon peut être d'avoir un deuxième projet d'architecture très bas mais assez imposant tout de même d'aspect.

[20 décembre 1893]

Omer Dewavrin à Auguste Rodin

20 Dec. 1893

Mon cher maitre

M. le Président de la république a qui j'ai demandé le bronze nécessaire à la fonte du monument me fait demander par l'intermédiaire du ministre de l'intérieur des renseignements sur l'œuvre et le point auquel elle est arrivée.

Je vais donner satisfaction à ce désir; de votre côté n'avez-vous pas des relations qui pourraient nous aider à la Présidence et nous faire avoir le plus possible ?

Excusez moi de ne pas vous laisser tranquille mais je désire tant faire sortir nos bourgeois de l'écurie de la rue St Jacques où ils doivent terriblement se faire vieux. Il est vrai qu'ils ont l'habitude d'attendre.

Cordialement à vous.

Om Dewavrin.

[7 avril 1894]

Omer Dewavrin à Auguste Rodin

7 Avril 1894

à Monsieur Rodin statuaire Paris.

Mon cher Maitre

Voulez-vous faire manquer votre œuvre ?

Non n'est-ce pas; alors il faut inaugurer en Août, sans quoi nos Bourgeois font le plongeon définitif dans l'éternité.

Vous êtes fatigué, je le veux bien : mais il ne s'agit pas ici de créer, d'invoquer la Muse rebelle. Vous n'avez qu'à donner les dernières caresses à une œuvre aimée qui contribuera à vous ouvrir les portes de l'immortalité : ce n'est plus un travail mais un plaisir. Sursum Corda ! Il faut marcher : tout le monde compte sur vous.

Agréez cher Maître l'assurance de ma considération distinguée

Le Maire

Om Dewavrin

[28 avril 1894]

Auguste Rodin à Omer Dewavrin

28 avril 94

Monsieur le Maire

Mardi en huit je viendrai à Calais pour que nous puissions étudier l'emplacement du monument des bourgeois de Calais.

Il m'a été impossible de venir cette semaine malgré ma bonne volonté et c'est parce que je pensais pouvoir jeudi que je n'avais pas répondu.

En vous envoyant mes respectueuses cordialités.

A Rodin.

[9 janvier 1903]

Omer Dewavrin à Auguste Rodin

9 janvier 1903

Mon cher Maitre

Je rentre de voyage, c'est pourquoi j'ai trop tardé à répondre à votre amical souvenir et à vos vœux de bonne année. Je vous souhaite de mon côté tout ce qui peut contribuer à votre bonheur : vous avez la gloire que Dieu vous donne, la santé et les plébiscites des commandes.

Nos bourgeois se dressent toujours impérieux : insensibles aux injures du temps comme aux idiotes réflexions des imbéciles, qu'ils écrasent de leur dédain.

Un jour viendra où ils seront compris. Je vais très très rarement à Paris, l'âge me rend casanier, mais je me promets bien à mon prochain déplacement de prendre 24 heures de plus et de vous demander quelques heures pour revenir un peu dans le passé

Je croyais que l'administration avait fait évacué sans raison bien entendu ou plutôt à contre raison tous les ateliers du dépôt des marbres. je vois avec plaisir que vous n'êtes pas un expulsé et que je pourrai vous y trouver à l'occasion.

Affectueusement à vous

Om Dewavrin

Suite de la liste du même auteur.

La Tranchée de Calonne, Prix Erckmann-Chatrian, La Table Ronde, 2007. Rééd. coll. « La Petite Vermillon », 2018.

La Meuse sentimentale, avec des photographies de Jean-Marie Lecomte, Éd. Noires Terres, 2004.

Le Ciel entre les feuilles, avec des photographies de Jean-Marie Lecomte, Éd. Noires Terres, 2003.

Comme un enfant, Le Temps qu'il fait/Lettres du Cabardès, 2003.

CET OUVRAGE A ÉTÉ ACHEVÉ D'IMPRIMER PAR NORMANDIE ROTO IMPRESSION S.A.S. À LONRAI, EN JUIN 2021, POUR LE COMPTE DES ÉDITIONS LA TABLE RONDE.

ISBN : 979-10-371-0615-5.
Dépôt légal : août 2021.
N° d'édition : 363587.
N° d'impression : 2102662.

Imprimé en France.